中国青少年必读名家经典文库

阿笨猫全传

冰 波/著

化学工业出版社
·北京·

图书在版编目（CIP）数据

阿笨猫全传/冰波著. —北京：化学工业出版社，
2012.1（2022.5重印）
（中国青少年必读名家经典文库）
ISBN 978-7-122-13151-5

Ⅰ.阿⋯ Ⅱ.冰⋯ Ⅲ.儿童文学－作品综合集
－中国－当代 Ⅳ.I287

中国版本图书馆CIP数据核字(2011)第277829号

责任编辑：张娟娟　　　　　　　　装帧设计：进　子
文字编辑：朱晓颖

出版发行：化学工业出版社（北京市东城区青年湖南街13号　邮政编码 100011）
印　　　刷：北京京华铭诚工贸有限公司
装　　　订：三河市振勇印装有限公司
710mm×1000mm　　1/16　印张12　2022年5月北京第1版第7次印刷

购书咨询：010-64518888　　　　　　　售后服务：010-64518899
网　　　址：http://www.cip.com.cn
凡购买本书，如有缺损质量问题，本社销售中心负责调换。

定　　价：25.00元　　　　　　　　　　　　　版权所有　违者必究

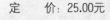
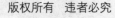

阅读点亮人生

在成长的道路上，一直有这样一个伙伴，孤独时给我们以抚慰，迷茫时给我们以指引，低落时给我们以鼓励，浮躁时给我们以平静，它全心全意、不离不弃，只要你愿意，它可以随时陪伴在你左右。

这个伙伴就是——书籍。

"什么样的年龄看什么样的书"，如果说书籍是所有人的伙伴，那么儿童文学就是饱含爱心的作家们特别为广大青少年准备的礼物。

阅读儿童文学，可以丰富儿童的心灵和情感，培养孩子的审美能力和鉴赏能力，提升语言能力和个人修养，完善个性，发展想象力与创造力……更为重要的是，阅读儿童文学可以给孩子带来许多的快乐，例如幻想的快乐，欣赏优美文字的快乐，幽默、玩笑带来的快乐，在故事里游戏和冒险的快乐，和同伴分享阅读体验的快乐……从阅读中体验到了快乐，阅读才能成为一种自然而然的习惯。

养成了阅读的好习惯，就是为心灵点上了一盏灯，心灵因此更加澄明；也是为人生点亮了一盏灯，人生因此更加丰富多彩。

当下的孩子在电视、网络、手机等多媒体冲击下，在作业、考试、升学等各种压力下，能够坐下来静静读书的机会少之又少。因此，阅读经典成为老师、家长、孩子乃至儿童文学界共同的呼声。

　　有感于此，我们组织了《中国青少年必读名家经典文库》，从文学性、思想性出发，精心收录了孙幼军、金波、樊发稼、曹文轩、秦文君、冰波、安武林、王一梅8位当代儿童文学大家的经典作品，其中既有获得全国优秀儿童文学图书奖、冰心儿童文学奖、全国"五个一工程"奖等多个奖项的作品，也有入选中小学语文课本的名篇以及中小学生阅读推荐篇目。

　　就像我们鼓励文化的多样性一样，我们提倡阅读的多样性与丰富性。这套丛书涵盖了小说、童话、散文、诗歌等多种体裁，包蕴了关于成长、校园、家庭、社会、自然、人性、生命等丰富而深邃的题材。有的温馨感人，有的清丽优雅，有的机智幽默，有的深刻隽永……

　　为了将最美的作品奉献给最可爱的读者，我们在文中配了大量优美的彩图，力争让本丛书内外皆美，让阅读真正成为美的享受！

　　让青少年阅读好书，推广儿童文学阅读是我们组织这套书的初衷。让阅读成为一种快乐，成为所有孩子都期待的事情，更是我们最大的心愿。愿本套经典之作能够陪伴和促进每一位读者的精神成长，愿更多的读者养成阅读经典、亲近经典的好习惯。

　　让阅读启迪智慧，点亮人生。

《中国青少年必读名家经典文库》编委会

目录

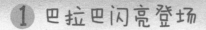 1 巴拉巴闪亮登场

"砰——啪——"

在一条小路上，新开了一家小店，正在那里放鞭炮。从这家店的门面上就可以看出，它什么都卖，从扫帚到饼干，从肥皂到针线。店的招牌是：阿笨猫杂货中心。

是的，阿笨猫现在开店了。他的两间房，前面一间是店铺，后面一间就是他睡觉的地方。

也没有什么人来祝贺，阿笨猫自己一个人在那里放鞭炮。

放完了鞭炮，阿笨猫正准备转身进店里，忽然听到了一阵并不很响的轰鸣声。

阿笨猫抬头一看，有一个小型飞碟，正在降落。银白色的飞碟舱体，发出耀眼的亮光。

飞碟就停在店门口。

这只飞碟看起来是那么小，只像碰碰船那么大。

舱门无声无息地打开了，从里面走下来一个小个子的外星人。他长着一双大眼睛，却显得鬼头鬼脑。他的手里捧着一把鲜花。

他径直向阿笨猫走来。

"啊哈，啊哈，"外星人很夸张地张开手臂，做出要拥抱阿笨猫的样子，"请接受来自遥远的星球——阿尔法星球的祝贺！祝贺阿笨猫杂货中心开张！"

阿笨猫觉得自己好像在梦里。

外星人速度极快地说着话：

"我来自阿尔法星球，是阿尔法星球的星际贸易集团的董事长。这鲜花是早上刚刚采的，很新鲜。我的名字叫巴拉巴。请拿着鲜花。我正在寻找地球上的合作伙伴。小心花瓣掉了。贵店由于贸易品种繁多，正好符合我们集团经营策略。把鲜花插到那个空的可乐瓶里就行。因此，我想与你建立贸易伙伴关系。你这里没有凳子吗？我们可以建立起星际间的贸易关系。这种瓜子好吃吗？我会把阿尔法星球最新产品在第一时间送到你的店里来。我尝一下这个饼你不介意吧？而且以最优惠的价格给你。怎么样，前景美妙的合作正等待着我们的握手呢。"

巴拉巴把只有四个手指的手伸了出来。

阿笨猫也伸出手，与他握了一下。

握完手，巴拉巴开始在自己的身上东摸西摸。

"咦，到哪里去了？刚才还在的。"

"你在找什么？"阿笨猫问。

"一个样品，我的一个产品的样品。我们的第一笔业务，就从它开始。"巴拉巴边摸边找。

"你怎么连皮夹里也找，这个样品很小吗？"

"是的是的，不太大，是一个很有趣的产

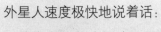

品。等一下，我想起来了。"巴拉巴说着，往门外走去，"忘在飞碟上了，我去拿。"

巴拉巴迈着奇怪的步伐，向飞碟走去。

② 只吃太阳光的机器小乌龟

一会儿，巴拉巴又从飞碟里出来了。

他摊开手掌。手掌上有一只小乌龟在爬着。

"哈，这算什么东西，"阿笨猫说，"不过是一只小乌龟。"

"你看仔细了，这是什么小乌龟。"巴拉巴有点委屈。

阿笨猫仔细一看，这只比一元硬币大了一点点的小乌龟，竟然是机器乌龟，四肢和脖子等处，都拧着细小的螺钉。再仔细看，这只小乌龟做得非常的精巧，脸上带着笑，爬起来一步一点头，爬几步，还会停下来左右看看，模样又天真又可爱。

"哇，这么精巧的机器小乌龟！"阿笨猫不禁惊叹起来。

"这是阿尔法星球上毕里卜落博士的最新奉献，这种机器小乌龟适合给人做宠物。"巴拉巴说。

这时候，那只小乌龟正在那里左看看，右看看，然后，向阿笨猫招了一下爪子。

巴拉巴说："你看，可爱吧？"

阿笨猫说："是啊是啊，真可爱。"

巴拉巴摊着手掌，继续介绍：

"这种机器小乌龟，是节能型的。它的龟背甲是一个超小型的太阳能接收器，只要晒一分钟的太

阳，就可以维持它三年的活动能量。它与人很亲热，喜欢爬到人身上，很乖地听人讲故事，非常的安静。而且，它十分的恋家，芯片里装有全功能定向仪，不管在哪里，它都会回到自己的家里，所以它是永远不会丢失的。它还对主人十分有感情，喜欢依偎在主人身上睡觉。"

正在这个时候，那只小乌龟爬到了巴拉巴手掌的边缘，它探头往下看看，显出有点怕掉下去的样子，拍拍自己的胸口。

阿笨猫完全被它可爱的动作迷住了。

"看上去，它确实是一种有趣的玩意儿……"阿笨猫说，"不过，我的店里一定不能卖的，我不能进这种货。"

"为什么？"

"它肯定是很贵的。"

"嗨，谁说让你卖了？我也只有这么一只小乌龟，哪里会有批量呢！"

"那你的意思是……"阿笨猫不明白了。

"送给你呀，算是见面礼。"

"什么，"阿笨猫以为自己听错了，"送给我？"

巴拉巴点点头，摸出名片来，把它和小乌龟一起双手递给阿笨猫："这个小礼物请笑纳，请多多指教。"

"这个，那真是太感谢了！"

阿笨猫接过名片和小乌龟。现在，这只可爱的小乌龟开始在阿笨猫的手掌上爬了。爬几步，抬起头来左右看看。爬到手掌的边缘，往下看看，害怕地拍拍胸口。

阿笨猫着迷地看着小乌龟，连在场的巴拉巴也给忘了。

"阿笨猫，我要走了，过几天我会再来。"巴拉巴边说边往外走。

"再见，再见！谢谢你，巴拉巴。"

巴拉巴钻进小飞碟里，又是"嗡"的一声，飞碟飞走了。

3 "讲故事，讲故事……"

晚上，杂货店关了以后，阿笨猫就开始看着机器小乌龟。

机器小乌龟在桌子上慢慢爬着，笑眯眯的，很乖的样子。与在手掌上爬一样，它爬到桌子边缘，往下一看，又害怕地拍拍胸口。

"它倒是老做这个害怕的动作。"阿笨猫想。

但阿笨猫一点也不觉得这个动作讨厌。

"如果我明天标价三千元，也保证能把它卖出去……"阿笨猫想着，他决定明天把它卖掉。

阿笨猫把机器小乌龟放到地上，让它在地上爬。

小乌龟不紧不慢地爬着，爬几步，抬起头来左右看看，然后继续爬。

阿笨猫感到自己的生活丰富多了。

忽然，阿笨猫看到，那小乌龟爬着爬着，停下来，往地上看看，然后，拍拍胸口，显出害怕的样子。

"咦？如果在手掌上或者桌子上爬，爬到边缘，这样做还挺可爱的。可是，现在是在地上啊，它也做这个动作。看起来，它的动作全是程序设计好的啊。"

阿笨猫一下子觉得小乌龟拍拍胸口的动作不可爱了。

阿笨猫只管自己看电视了。

他在看电视的时候，那只小乌龟竟然爬上沙发，趴在他的腿上。陪他一起看电视。

阿笨猫仔细一看，小乌龟的脚上穿着微型的登山用的带爪的鞋，怪不得它能沿着沙发的边缘爬上来。不过，小乌龟那么安静地趴在他的腿上，让他感到一阵安慰，除了小乌龟，阿笨猫还从来没有感觉到谁对他这么亲近过。

看完电视，阿笨猫睡觉了。

他刚刚要睡着，只觉得胸口痒痒的，原来是小乌龟爬到身上来了。

"讲故事，讲故事。"小乌龟忽然说起话来。

阿笨猫吓了一跳，这机器小乌龟居然会说话。

"讲故事，讲故事。"小乌龟又说，并且在阿笨猫的胸口来回不停地爬。

阿笨猫说："好吧，我给你讲一个白雪公主的故事。从前，有一个国王……"

那小乌龟一听阿笨猫讲故事，就停下来不爬了，安静地趴着，专注地看着阿笨猫，听他讲。

阿笨猫又感到一阵温暖，因为，从来没有一个人像这只乌龟一样安静地听他讲过话。

白雪公主的故事讲完了。阿笨猫停下来歇会儿。

那只小乌龟又开始在他胸口爬动，说着："讲故事，讲故事。"

阿笨猫只好又讲了一个丑小鸭的故事。

只要一讲故事，小乌龟就安静下来，趴在那里专注地听着。

阿笨猫自己也没有想到，他破旧的小屋里，竟然有一天会变得这么温馨。

④ 床底下有十个蛋

丑小鸭的故事终于讲完了，阿笨猫想睡了。

可是，小乌龟又在胸口爬起来了，并且说："讲故事，讲故事。"

小乌龟好像只会说这三个字。

阿笨猫有点烦了，一扭头说："睡觉了，不讲了！"

小乌龟好像受到了委屈，也住口不再说"讲故事，讲故事"了。它慢慢爬到阿笨猫的脸上，撒了一泡尿。

这大概是小乌龟觉得受到了不友好的待遇而采取的报复行动。

阿笨猫觉得一阵冰冷，一摸脸上，摸了一手的黑色机油。

小乌龟又慢慢地爬着，爬到阿笨猫的枕头上，又撒了一泡尿。

"真没礼貌！"阿笨猫很不高兴，但为了不让小乌龟乱爬和乱撒尿，阿笨猫只好给它继续讲故事。

果然，一讲故事，小乌龟就趴在那里安静地听了。

一直讲了十八个故事。讲着讲着，阿笨猫累得睡着了，即使小乌龟再爬，再撒尿，他也醒不过来了。

第二天早上，阿笨猫醒来了。

他发现床上多了几十堆黑黑的机油，不用问，全是小乌龟撒的。

"咦？那只小乌龟呢，怎么不见了？"阿笨猫四处看看，没看到小乌龟。

床底下好像有什么响动。

阿笨猫朝床下一看，那只小乌龟正朝他眯眯笑呢。

在它的旁边，有十个亮闪闪的小铁珠。

阿笨猫很奇怪："这是什么？我床底下原来没有这东西啊。莫非是它生的蛋？"

在阿笨猫手掌里的十个小铁珠自己滚动起来，接着，一个一个裂开了。从里面爬出来一只只与原来那只小乌龟一模一样的机器小乌龟，只不过小了点儿。

这些新出世的小乌龟，从阿笨猫的手里滚下去，爬到有太阳的地方，一动也不动了，在那里晒太阳。

只晒了一分钟的太阳，这些小乌龟马上长到与原来那只小乌龟一样大。

"天哪，机器乌龟也会孵小乌龟，真是没想到。"阿笨猫简直看傻了。

5 它永远不会丢失

现在阿笨猫有十一只机器小乌龟了。

夜里，阿笨猫要睡觉，小乌龟们就爬到床上来，叫着："讲故事，讲故事……"

阿笨猫只好把昨天的故事再讲一遍，从白雪公主的故事开始。

小乌龟们好像不在乎听什么故事，只要有阿笨猫在给它们讲，它们就很安静。

但是，只要阿笨猫一停下来，十一只小乌龟就会一齐爬动起来了，齐声说："讲故事，讲故事。"

到最后，当然又是累得睡着了。第二天早上起来，当然又是满床的黑机油。

那些小乌龟又都不见了。

阿笨猫往床下一看，它们都在床底下呢。

十一只小乌龟，在床底下各自下了十个蛋，总共是一百一十个小小的、亮闪闪的小铁蛋。

"天哪，它们怎么这么会生蛋？"阿笨猫大吃一惊。

一百一十个蛋，很快就又孵出来了，孵出来的小乌龟，都到太阳下去晒了一分钟的太阳，都长大了。

现在总共有一百二十一只小乌龟了，它们满屋子在爬，看得阿笨猫起鸡皮疙瘩。

"这可太多了！要是明天，这一百二十一只乌龟，再各自下十个蛋……"

阿笨猫觉得自己头都大了，脑子转不过弯来了。

"不行，我得去把它们扔掉。"阿笨猫想到了一个主意。

他拿来了一个大口袋，把这些小乌龟一只只捉来，丢进袋子里。

阿笨猫走了很多的路，跑进了深山里，把它们全部都扔到了山沟里。

阿笨猫疲劳地回到了家里。

"今晚可以好好地睡一觉了。"晚上，阿笨猫舒服地躺进被子里，很庆幸地想。

他闭上眼睛刚刚迷糊起来了，忽然又听到了熟悉的声音：

"讲故事，讲故事，讲故事……"

睁眼一看，那一百二十一只小乌龟又精神抖擞地回家了。

阿笨猫这才想起来，这些小乌龟装有全功能定位系统，它们认得家。

"它是永远不会丢失的。"巴拉巴当时就告诉过他。

"麻烦了，麻烦了。"阿笨猫心里想着，又开始撑着给这些小乌龟讲故事。

6 巴拉巴再次出现

这个晚上，也不知阿笨猫是怎么熬过去的，反正他早上起来，满头满脑的都是黑色的机油尿。

这倒没什么，最可怕的是，阿笨猫往床底下一看，那里又多了一千二百一十个亮闪闪小铁蛋。

"救命啊！"阿笨猫吓得不知道怎么好了。

"铃……"

就在这个时候，电话铃响了。

是巴拉巴打来的。他在电话里用很轻松的口气说："阿笨猫，怎么样，小乌龟好玩吗？"

"天哪，你快点来，把它们收回去吧！"

"为什么？你不喜欢了？"

"不是啊，它们每天都会下十个蛋，太可怕了！你快来收回去吧。"

"那不行啊，"电话那头，传来巴拉巴为难的声音，"我送给别人的礼物，从来不会要回来，这是我的原则，这是……"

这时候，那一千多个蛋已经孵出了小乌龟，并且，它们已经晒好了一分钟的太阳，正变得精神十足，黑压压地满屋子乱爬。

这些小乌龟对阿笨猫还很亲热，一只只都爬到他身上来。

阿笨猫已经被这些小乌龟淹没了。

"收回这些小乌龟很麻烦的，需要费用，这样吧，"巴拉巴在电话里说，"每一个你付十元钱的运输费。"

"这也太贵了！"阿笨猫叫了起来。

"那就算了。我现在很忙，我要挂电话了。"

"不不不，"阿笨猫连忙喊起来，"我答应你，只求你快点来吧。"

阿笨猫想，到了明天，就不是一千多只，而是一万多只小乌龟了。

才过了一会儿，巴拉巴的飞碟就出现了。他一手拿着一只计算器，一手拿着一个电筒模样的东西。

"我先算算，总共有多少乌龟要收回。一只生十个蛋，连同原来的那只是十一只。十一只各生十个蛋，连同原来的十一只是一百二十一只，一百二十一只各生十个蛋，连同原来的一百二十一只，总共是一千三百三十一只。一只的零头去掉算了，你总共需要付给我一万三千三百元钱。"

阿笨猫扶着桌子，不让自己倒下去。

当他把钱如数付给巴拉巴之后，巴拉巴用那只电筒模样的东西，把两只小乌龟叠在一起，一照，就变成了一只。

就这样，一千多只小乌龟很快又变成了一只。

那只小乌龟又在巴拉巴的手掌里慢慢地爬。爬几步，抬起头来左右看看，接着，爬到手掌边缘，又装模作样地拍拍胸口表示害怕。

"不好意思，"巴拉巴说，"不是我要收你这么多钱，实在是因为我手里这个把小乌龟变回成一个的仪器太贵了。"

巴拉巴一边说着，一边走了出去。

"嗡"的一声，巴拉巴的飞碟升上了天空。

美梦睡帽

① 躺椅上的美梦

店里没有生意，阿笨猫正在店里嗑瓜子。店里卖的瓜子大部分是阿笨猫自己嗑完的。

正觉得无聊，巴拉巴的飞碟忽然降落在店门口。

阿笨猫说："你怎么又来了，上次我可被你骗得好苦。"

巴拉巴说："对不起，对不起！这次我可是带来了真正的好货。"

"是什么？拿出来看看。"

巴拉巴在一个大口袋里摸着，摸出了一项皱巴巴的英国式睡帽。

"这是什么？我可不收旧货。"阿笨猫说。

"这可不是旧货，它叫美梦睡帽。"

"美梦睡帽？什么意思？"

"你听我慢慢跟你说，"巴拉巴说，"现在的人，生活节奏这么快，而电视、电影又都是老一套，生活实在没有什么意思。一句话，生活缺少刺激，而美梦睡帽就是为那些感到缺少刺激的人设计的。戴上它睡觉，它就能让你做极富想象力的美梦……"

巴拉巴滔滔不绝地说着。

"真有这么灵吗？"阿笨猫把美梦睡帽翻来翻去地看着，好像看不出有什么与别的睡帽不同的地方。

"你试试吧，先试后买。效果不好你可以不要啊。"巴拉巴说。

"好，反正我正要午睡，就试试吧。"阿笨猫显得很无所谓的样子说。

"好，下午我再来。"

巴拉巴乘着他的飞碟离开了。

中午，店里更没有生意了。阿笨猫索性把店门关了，安安静静在里面睡午觉。

他把睡帽戴在了头上，在躺椅上躺了下来。

阿笨猫马上就睡着了。

很快，他就开始做梦了。

在梦里，他变成了一只美丽的天鹅，正在一个很美的湖里，慢慢地游水。游着游着，他一展翅膀，飞了起来，向太阳飞去……

阿笨猫醒来了。真没想到，这顶美梦睡帽，还真的能让人做美梦。而且，这样的梦，令他全身轻松，老是做这样的梦，一定可以延年益寿的。

阿笨猫暗想：我得买一顶。

② 一样的美梦

下午，巴拉巴又来了。

"怎么样？美梦睡帽名不虚传吧？"巴拉巴急切地问。

阿笨猫故意懒洋洋地说："还可以啦，比不做梦好点。多少钱一顶啊？"

巴拉巴说："不贵啦，这睡帽是高科技产品，它运用了

OKF技术和APR技术，又符合人体力学，而且，它的使用寿命是三十年，也就是说，买了它，它可以让你做三十年的美梦……"

"知道了，你还没有说价格。"阿笨猫心里想：少来这一套，他肯定是为了提出一个天价而在做铺垫。

"价格嘛，好商量……"巴拉巴支支吾吾地说。

"到底多少？快说。"

"买一顶十五元，买两顶二十五元。"

阿笨猫以为自己听错了，这价格很便宜啊。即使是一般的睡帽，买一顶也要二十元啊。

"价格倒还公道，我先买一顶。给你钱。"阿笨猫说。

巴拉巴很客气地说："谢谢，谢谢。有问题再给我打电话吧。再见。"

巴拉巴收了十五元钱，高兴地走了。

晚上，阿笨猫躺在床上，幸福地想着：今晚，我会做一个什么美梦呢？

阿笨猫睡着了。

他的梦开始了。

他变成了一只美丽的天鹅，正在一个很美的湖里，慢慢地游水。

游着游着，他一展翅膀，飞了起来，向太阳飞去……

早上，阿笨猫醒来，觉得很奇怪："怎么，昨天白天做过的梦，又做了一遍？"

阿笨猫想，这大概是巧合，所以，他等着又一个夜晚的降临。

好不容易等到了该睡觉的时候，阿笨猫戴上了那顶睡帽，躺进被窝。

"但愿做一个特别的好梦。"

恍惚一会儿之后，阿笨猫的梦又开始了。

　　他变成了一只美丽的天鹅，正在一个很美的湖里，慢慢地游水。游着游着，他一展翅膀，飞了起来，向太阳飞去……

阿笨猫醒来了，非常生气。

"什么？又是这个梦？这不成了录像带了吗？"

阿笨猫立刻拨通了巴拉巴的电话。

"喂，巴拉巴吗？怎么我老是做同一个梦？"

"怎么啦？这个梦不美吗？"

"美是美，但是，难道没有别的梦了？"

"你是想要换别的梦？这好办，等着，我一会儿就过来。"

3 得买一个解码器

巴拉巴很快就来了，手里拿着一枚纽扣。

"阿笨猫，我给你送货来了。这是你要的货。"巴拉巴把纽扣递给阿笨猫。

"送货？什么货？我没有订货呀。"

"咦，你刚才在电话里不是说，要换一些别的梦做做？"

"是呀，可是，这跟纽扣有什么关系？"

"哎呀，你怎么不明白，"巴拉巴着急地说，"这不是纽扣，而是一个高精度的美梦解码器，要想使你的梦有变化，就得用这台解码器，它可以保证你每一次的梦都不一样，而且都是美梦。否则，你的梦就一直是变天鹅……"

"那它要多少钱？"阿笨猫小心地问。

"也就三百元。"

阿笨猫一咬牙："那，好吧！"

巴拉巴服务很周到，把这个纽扣似的东西，往睡帽上钉。

"瞧，钉上这个解码器，梦就有变化了。说明书上写得很清楚：'保证绝不重复'，您就享受吧。"

阿笨猫付了三百块钱，巴拉巴就走了。

下面是阿笨猫分别在三个夜里做的梦：

第一天：

他变成了一只美丽的乌龟，正在一个很美的湖里，慢慢地游水。游着游着，他一展翅膀，飞了起来，向太阳飞去……

第二天：

他变成了一只美丽的猴子，正在一个很美的湖里，慢慢地游水。游着游着，他一展翅膀，飞了起来，向太阳飞去……

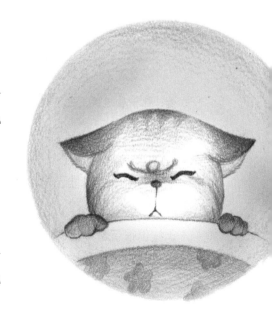

第三天：

他变成了一只美丽的狗熊，正在一个很美的湖里，慢慢地游水。游着游着，他一展翅膀，飞了起来，向太阳飞去……

这可把阿笨猫气得要命。

他打电话去责问："巴拉巴，你为什么骗我？"

"我什么时候骗过你了？你自己说，梦是不是不同的？"

"除了猴子啦，乌龟啦不同以外，其他都一样。"

"猴子和乌龟就是不同嘛。你不要无理取闹！"

说完，巴拉巴把电话挂了。

"我又受骗了！算我倒霉，白白丢了这三百元钱！这顶鬼睡帽我不要了！"

阿笨猫大叫着，把那顶睡帽扔到了窗外。

④ "有一种针剂……"

到了晚上，阿笨猫反而安心了。他躺在床上想："好吧，不管是美梦还是噩梦，还是自然的好……"

他这样想着，就慢慢睡着了。

奇怪的是，阿笨猫又做了一个梦：

> 他变成了一只美丽的野猪，正在一个很美的湖里，慢慢地游水。游着游着，他一展翅膀，飞了起来，向太阳飞去……

"哇——"阿笨猫大叫着，从床上跳了起来。

他立刻给巴拉巴挂了电话："喂，巴拉巴吗？我扔掉了睡帽，怎么还是会做这样的梦？"

巴拉巴很沉着地回答："是这样的啦。这种睡帽，只要戴两次以上，程序就会自动植入到你的大脑里，然后，完全渗透到你的神经里去。它的有效期是三十年……"

"就是说，在以后的三十年里，我都要做这样的梦了？"

"是这样的啦。"

阿笨猫气得"啪"地挂了电话。

天哪，从今以后，就要天天做这样单调乏味的梦了，做人真是没意思啊……

他迷迷糊糊地睡着了，又做了一个梦：

他变成了一个鬼怪，正在一个很美的湖里，慢慢地游水。游着游着，他一展翅膀，飞了起来，向太阳飞去……

"哇！"阿笨猫吓得出了一身的汗，从床上跳了起来。

从此以后，阿笨猫一想到要睡觉就害怕。他一天天地消瘦下去了。有时候，他在柜台旁站着站着，就"扑通"一声倒在地上。

他实在太累了，可是又害怕睡觉。

有一天，巴拉巴又来到了店里，他若无其事地说："阿笨猫，你最近过得好吗？"

阿笨猫一把拉住了巴拉巴："你有办法把我的梦去掉吗？"

"要去掉美梦啊？嗯，它的有效期是三十年……"

"到底有没有办法？"阿笨猫摇晃着巴拉巴。

"这个，有是有……"巴拉巴犹豫地说，"有一种针剂，注射之后，就可以完全消除这种梦境，恢复到原来的状态。"

"那快把针剂给我啊！"

"可是……"

"可是什么？"

"这种针剂虽然一针见效，可是费用比较高，要三万元……"

阿笨猫一听，立刻昏了过去，暂时连在美丽的湖里游水的梦也没做。

智能闹钟

① "瞧瞧我给你带来的新产品。"

阿笨猫坐在一家豪华的饭店里吃饭，两旁是两个站得笔直的服务生。

鱼翅羹上来了，那是一个小小的罐子，很精致。

他从来没有吃过鱼翅羹，因为它实在是太贵了。

尝了一口，阿笨猫不禁赞叹道："天哪，这鱼翅羹比鲜肉馄饨的味道还要好啊！"

忽然，饭店里一阵铃声大作，好像发生了可怕的火警。

阿笨猫一急，忽然醒来了，他睡在自己的床上，刚才只不过是做梦。

"丁铃铃……"

他床头的闹钟令人讨厌地响着，催促他起床开店门了。

阿笨猫一把抓起了闹钟，狠狠地把它扔到了地上。

"讨厌，那鱼翅羹还有一半没喝呢！"

"砰"的一声，被摔破了的闹钟，肚子里的零件在地上乱蹦。

阿笨猫已经这样摔过很多只闹钟了。

阿笨猫开了店门，呆呆地靠在柜台上，情绪很低落："美好的心情，都给这闹钟搞坏了……"

巴拉巴笑容满面地走了进来。

"伙计，看来你情绪不太高啊。"巴拉巴说。

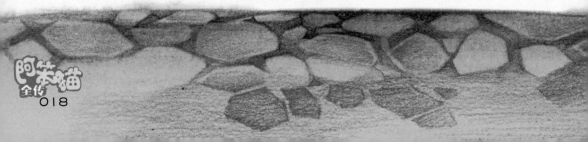

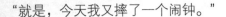

"就是，今天我又摔了一个闹钟。"

"哈哈，旧的不去新的不来嘛。瞧瞧我给你带来的新产品。"

巴拉巴从一个袋子里摸出了一个闹钟，看起来就是挺普通的那种小闹钟。

"你别小看它，它可不是普通的闹钟，它是智能型闹钟，会根据主人的心情安慰人，使被闹钟闹醒的人有一个好的心境。有一个好的心境，对身体有利，对工作有利，对……"

阿笨猫打断了他："得了得了，你总是这么烦。多少钱一个？"

"你看你看，不要什么都提钱字。这个闹钟不要钱，是我特地来送给你的。"

"真的？"

阿笨猫惊喜地把闹钟抓在手里。

"它怎么使用啊？"

"就像平常那样用啊，没有什么特别的地方。好了，我还有一些事，先走了。"

说完，巴拉巴坐上他的小飞碟，"嗡"的一声飞走了。

② "下面请听一段醒神迪斯科……"

就在这天晚上，阿笨猫把闹钟定在了第二天早上六点半，然后，就安心地睡了。

这回，梦里的阿笨猫又到另一家豪华饭店去吃鱼翅羹了。

"丁铃铃……"闹钟又讨厌地响了起来，把阿笨猫惊醒了，鱼翅羹依然没喝完。

阿笨猫习惯性地拿起闹钟，又想砸。

忽然，发生了令人惊奇的事：床头的那只闹钟，忽然变成一只可爱的小白猫，非常的可爱，只不过很小，只有闹钟那么点大。

小白猫说起话来：

"早晨好！下面请听一段醒神迪斯科，嘣嘣，嚓嚓……"

那只变成小白猫的闹钟，在床头柜上边奏着音乐边跳着。

阿笨猫果然没有发火，因为，它的样子正是阿笨猫喜欢的。

阿笨猫饶有兴致地看着。

迪斯科跳完了，闹钟变的小白猫又说："亲爱的，下面为你朗诵一首爱情诗：白日依山尽，黄河入海流……"

阿笨猫笑眯眯地看着它，心里想："嘿，这是爱情诗吗？"

但正是这样的错误，阿笨猫反而觉得它更可爱了，一副天真烂漫的样子。

朗诵完了诗，小白猫又说："亲爱的，下面再为你表演一个诗意舞蹈。"

但是它做出来的却是一个武打动作。

"哈哈哈，真幽默……"

阿笨猫大笑起来。

可就在这时候，闹钟变成的小白猫倒下去了，并且，像一块糖一样，开始软化，慢慢变得不成形了。

"这，这是怎么回事？"阿笨猫急了。

小白猫坚持着说出这样的话：

"亲爱的，请在投币口投入一元钱，不然我就要死了……"

果然，小白猫越来越瘫，快要连形状都没有了。

阿笨猫这才发现，在这猫形的闹钟背上，有一个不大不小的投币口。

他赶紧照它说的，往投币口丢进去了一元硬币。

钱一投进去，闹钟变的小白猫立刻恢复了原样，而且一下子就来了精神，站起来向阿笨猫鞠了一个躬："谢谢，谢谢！"

接着，它又说："本次有偿服务结束，谢谢使用。再见。"

说完，小白猫不见了，它又变回了闹钟原来的样子。

3 "请投币，请投币。"

阿笨猫仔细看着闹钟，总觉得它与原来有什么地方不同。

看了好半天，他才明白过来："看出来了，它比原来大了一些。"

闹钟确实比原来那个稍稍大了一些，正因为它的外形一点没变，所以阿笨猫一时没有看出来。

"大概是我投了钱的缘故，它才变大了一些。"阿笨猫想着，去开店门。

果然，他心情挺不错的。

一天下来，他的情绪都挺好的。

到了晚上，阿笨猫睡前看着闹钟想："明天，它还会有什么花样呢？"

现在，睡觉变得比本来有意义了，而且，好像还多添了一种等待的意味，这也是闹钟带来的微妙变化吧？

阿笨猫睡着了。

到了早上，阿笨猫又被闹钟刺耳的铃声闹醒了。

闹钟又变成了小白猫的样子，不过显然比昨天要大了一些，好像它一个

晚上都在那里长大似的。

它说："早晨好，本小姐早叫服务开始。"

小白猫做了一个很嗲的动作。

"下面，朗诵一首普希金的诗：小老鼠，上灯台，偷油吃，下不来……"

"胡说八道。"阿笨猫有点不高兴了，"这怎么是普希金的诗呢？误人子弟嘛。这应该是唐诗……好像也不对……"

刚朗诵完，小白猫就说："请投币，请投币。"

像昨天一样，阿笨猫往投币口投进了一元硬币。

可是，小白猫又说："您所投的金额不足，请投币，请投币。"

阿笨猫觉得奇怪，又试着往里投了一枚硬币。

可小白猫还是说："您所投的金额不足，请投币，请投币。"

说着，小白猫又像昨天那样，开始像糖一样软化了。但它还是坚持着说出了这样的话："我不行了，快投币，每次十元……"

阿笨猫大吃一惊："什么？这么快就涨价了？我不投！"

阿笨猫的话音刚落，那小白猫忽然变成了一个巨大的榔头，"砰"的一下，打在阿笨猫的头上。

阿笨猫立刻看到了满眼飞舞的金星。他还同时看到，那个大榔头正在变得越来越大，再不投的话，可就不好说了。

"哎哟，我投，我投……"

被砸得稀里糊涂的阿笨猫，挣扎着往那个投币口补投了八个硬币。

投足了币之后，那个闹钟又变成了原形，并且说道："这就对了，本小姐是有偿服务，对那些不尊重别人劳动的人，将给予沉重的打击……欢迎使用，谢谢。再见。"

这天早上，阿笨猫是带着伤去开店门的。

"这样下去，好像不大对劲……"靠在柜台上的阿笨猫这样想。

④ "天哪，那都是我投进去的钱……"

一个星期后的一天早晨，闹钟的铃声又把阿笨猫闹醒了。

在阿笨猫的面前，那个闹钟变出来的小白猫，已经再也不能称为小白猫了，它已经变得非常巨大，虽然总体上说还算是一个"姑娘"，但身材已经比阿笨猫更魁梧了。

而且它的长相已失去了原来的温柔，变得像个五大三粗的母夜叉。

"喂，起来啦？"那凶神似的猫说，"下面，俺向你汇报一个芭蕾舞！"

说着，它跳起舞来。

说是跳芭蕾舞，其实却是气功劈砖。随着它嘴里"嘿呀嗨呀"地叫着，一块块大砖头就被它的手掌给劈断了。

"真是令人恶心。"阿笨猫心里想。

表演完了，那凶神猫说："请投币，请投币。"

阿笨猫很不情愿地往投币口投进了十个硬币。

可是，凶神猫说："您所投的金额不足，请投币，请投币。"

阿笨猫觉得奇怪，又试着往里再投了十个硬币。

可那凶神猫还是说："您所投的金额不足，请投币，请投币。"

阿笨猫呆在那里："搞什么鬼啊，莫不是又涨价了？"

那凶神猫并没有像第一次那样，变成软化的糖块，而是伸出拳头，一拳打在了阿笨猫的头上。

阿笨猫头上立刻鼓起了一块，想想看，那凶神猫有着劈砖的功力，阿笨猫怎么受得了。

"我已经投了二十元了，你为什么还打我？"阿笨猫抱着头。

"现在我已经是这么大个子了，服务费当然要提高，每次的价格是一百元，你还欠我八十元。快投币！"

直到阿笨猫猛往里投币，补足到了一百元，那闹钟才变回成了老样子。

经过这一次，它的体积又大了许多。

闹钟说："本次有偿服务结束，欢迎使用。谢谢。明天见。"

"天哪，明天见？明天它该变成狗熊了吧？"阿笨猫感到可怕。

阿笨猫只好打电话向巴拉巴求救。

"巴拉巴，请把你的闹钟收回去吧。我实在供不起了。"

"别急别急，我马上就来。"

一会儿，巴拉巴就出现在阿笨猫的店里了。

"这个闹钟你真的不要了？"

"不要了不要了，快拿走吧。"

"好吧，好吧，那我拿走了。"

巴拉巴背起那个闹钟就走了。

阿笨猫从门缝里偷偷看着远去的巴拉巴，只见他走到远处，把那个闹钟使劲地往地上一扔，从摔破的闹钟里取走了所有的钱，扬长而去了。

"天哪，那都是我投进去的钱，足足有一大口袋呢。"阿笨猫说。

兽语鹦鹉

① "只要跟着它学，你就可以掌握任何动物的语言……"

阿笨猫正靠在柜台上嗑瓜子。

有两只老鼠从洞里出来，悄悄地靠近柜台里的那块蛋糕。然后，它们抬起大蛋糕，往洞里跑回去。

阿笨猫发现了它们，大喊一声："讨厌，滚开！"

两只老鼠听到喊声，脚步停了下来。

老鼠阿大表情很迷惑地说："他在说什么呀？"

老鼠阿二说："听不懂呀，听起来好像是说'感冒红似火'。他说的是人语，我们听不懂。"

"不管他，走吧。"

两只老鼠还是大模大样地把大蛋糕搬进洞里去了。

"气死我啦，这块蛋糕售价六元钱哪！"

阿笨猫大叫着。

"阿笨猫，生什么气哪？"

随着说话声，巴拉巴出现在阿笨猫的店里。

今天的巴拉巴样子很奇怪，他的肩上，停着一只鹦鹉。这只鹦鹉一身的绿毛，看起来很漂亮。

"我正在骂两只老鼠，它们偷了我的蛋糕，可是，它们大概听不懂我的话……"阿笨猫说。

"那是了，它们说的是兽语。"

"是啊，要是我也会兽语，就骂它个祖宗十八代！"阿笨猫还是愤愤不平的。

"你想学兽语吗？这可是太巧了。"巴拉巴说，"我的鹦鹉它可全懂，可以教你。"

"是吗？"阿笨猫怀疑地看着这只鹦鹉。

那只鹦鹉耸了耸翅膀。

巴拉巴又开始滔滔不绝起来：

"你不知道吧？它的名字叫兽语鹦鹉，能说各种最标准的兽语。如果你想学的话，只要你问它一句人话，它就会把相对应的兽语教给你。当然，兽语是统称，包括飞禽和走兽。比如鸟的语言与老虎的语言，它们就是两个不同的语种。但不管是什么，只要跟着它学，你就可以掌握任何动物的语言。在这个信息的时代，掌握多种语言是很有利于……"

"好了好了，知道了，你能不能试试？"阿笨猫问。

"没问题。"巴拉巴对肩上的鹦鹉说："小丽，跟老鼠说，让它们把蛋糕交出来。"

"OK！"这只叫小丽的鹦鹉先答应了一声，然后，对着洞口叫起来："吱，吱吱！"

鹦鹉的声音传到了老鼠洞里。两只老鼠在洞里商量起来。

阿大对阿二说："听，外面有个声音说，让我们把蛋糕交出去呢。"

阿二说："是啊，既然已经被发现了，那就……交出去吧。"

两只老鼠把蛋糕往外面抬。

阿笨猫看见了大吃一惊："它们真的听懂了！"

巴拉巴又说："小丽，让两只老鼠给阿笨猫道个歉！"

鹦鹉又向老鼠叫了两声："吱吱，吱！"

两只老鼠听了，立刻先是一个立正，然后，向阿笨猫深深地鞠了一个躬。

"天哪，这兽语鹦鹉太神奇了！"阿笨猫赞叹道。

② 学会了好些动物的语言

阿笨猫立刻对那只兽语鹦鹉产生了极浓的兴趣，他问巴拉巴："哇，这可太棒了！这只鹦鹉卖多少钱？"

巴拉巴说："唉，凡是我有好东西，你总是要向我买，这是我的私人宠物，一般是不卖的，不过，如果你要的话……那就，三千元转让给你吧。"

阿笨猫想：贵是贵了点，但这是一只会教他兽语的鹦鹉啊！

"好，我买了！"阿笨猫拿出来三千元交给巴拉巴。

等巴拉巴走了之后，阿笨猫拿出本子和笔，开始向兽语鹦鹉学习。

"鹦鹉，鼠语'你这个混蛋'怎么说？"

鹦鹉说："吱吱吱。"

阿笨猫跟着学："吱吱吱。"

"那么，狗语'你好，你买什么？'怎么说？"

"汪汪汪，汪汪，汪汪？"鹦鹉说道。

"汪汪汪，汪汪，汪汪？"阿笨猫又跟着学了一遍。

"还有，鸡语'快来买吧，快来买吧。'怎么说？"

鹦鹉又叫道："喔喔喔，喔喔喔！"

"喔喔喔，喔喔喔！"阿笨猫又跟着学了一遍。

阿笨猫把鹦鹉说的，一句句都记下来，以后可以常常复习。

夜已经很深了，阿笨猫还在学着。这一辈子，他从来没有这么认真地学习过什么。

阿笨猫终于学会了好些动物的语言，除了狗、鸡、鼠以外，还有猴子、狼以及河马的语言。

阿笨猫高兴地说："哈，从明天开始，我不但可以和人做生意，还可以和动物做生意。"

阿笨猫刚得意不久，忽然又明白过来："可是，不对呀，与动物可不能做生意呀，因为……它们都没有钱！"

不过，多学会一种语言总没有什么坏处，与动物交流一些思想感情总可以吧？学得多了，说不定还能破个吉尼斯纪录什么的。

③ "结果又是：汪汪汪，汪汪，汪？"

第二天，阿笨猫到了店里，早早地开了门。可是，还是没有人走进来买东西。

那两只老鼠又想来偷东西了。

阿笨猫想："好啊，可以试试鼠语了。"

他朝老鼠大喊一声："吱吱吱（你这个混蛋）！"

"啊？"听到声音，老鼠好像吓了一大跳。

阿笨猫又大喊一声："吱（滚）！"

两只老鼠完全听懂了。

"是，是。我们滚。"它们一溜烟地逃回洞里去了。

"这鼠语还真灵……可是，就是没有人来买东西……"

终于有一个人走进店里来了。

阿笨猫对他说："你好，你买什么？"

可是，从他嘴里出来的却是狗语："汪汪汪，汪汪，汪？"

那个人很奇怪："咦？阿笨猫，你学狗叫干什么？"

阿笨猫自己也吃了一惊。怎么？那句最常用的话，用人话却不会说了。

阿笨猫又说了一遍，可说出来的还是："汪汪汪，汪汪，汪？"

那个人吓了一跳："阿笨猫，搞幽默的话，一次就够了，不断地学狗叫就不礼貌了。"

可是，阿笨猫还想说那句话，结果又是："汪汪汪，汪汪，汪？"

那人说了一句"我看你是有病"就走了，连东西也没有买。

好不容易来了一笔生意，却飞了。不行，得叫大家都来买东西！

他对着门口大声喊起来："快来买吧，快来买吧！"

可是，从他口里出来的却是鸡语："喔喔喔，喔喔喔！"

外面的人很不明白，都在议论纷纷。

"大白天的，阿笨猫店里的公鸡还在啼呀？"

"不明白，我们看看去吧。"

大家站在阿笨猫的店门口，朝里看，可都不敢进去。

阿笨猫却焦急地向大家招手："喔喔喔，喔喔喔！（快来买吧，快来买吧！）"

阿笨猫一下捂住自己的嘴："天哪，我怎么一说那句话，出来的就是鸡语？"

人们一边议论着，都走开了。

"阿笨猫有点不正常。"

"走吧，别理他。"

"疯了……"

阿笨猫到此方才明白，凡是他学过兽语的句子，他都不会用人话再说出它们了。

4 "你应该买这个品种，它叫……"

"巴拉巴，请你来一趟，有事找你。"阿笨猫给他打电话。

"OK，马上就到。"

巴拉巴很快就来了。从飞碟里出来的巴拉巴，肩膀上又停着一只鹦鹉。与上次不同的是，上次那只是绿毛鹦鹉，这次是红毛鹦鹉。

"巴拉巴，我学会了兽语，用人话就不会说那句话了！"阿笨猫质问。

"很好！"巴拉巴向他竖起大拇指。

"什么？"

"说明你学得很标准，那句不再需要的人话，就抛弃了。很好！"

"谁说要抛弃人话？"

这时候，巴拉巴忽然显得很惊讶地说："什么，你还需要说那句相同内容的人话，那为什么还要学兽语呢？这不是自相矛盾吗？这种兽语鹦鹉就是这样的功能啦，学会一句动物语言，就会忘记那句人的语言，这叫置换学习法啦，一辈子都改不过来了……"

"什么？吱吱吱！"阿笨猫想骂他"你这个混蛋"，说出来的却是鼠语。

巴拉巴平静地说："你说什么？好像说了一句鼠语，但是我听不懂。"

"那，我以后该怎么办？"阿笨猫忍气吞声地问。

"唉，"巴拉巴深深地叹了一口气："你自己没说，我哪里会想到，你

学会那句兽语，还想保留那句人话？如果是这样的话，你当初真不该要这只兽语鹦鹉的。你需要的是另一种鹦鹉。"

"另一种鹦鹉？"阿笨猫很奇怪。

"是啊。你应该买这个品种的，"巴拉巴指着他肩膀上那只红鹦鹉，"它叫——翻译鹦鹉。它可以翻译任何动物的语言，通过它，你就可以和任何动物说话，不必你亲自去学兽语了……"

阿笨猫从口袋里摸出了三千元钱，一扔，说："好吧，算我上了你的当，这只翻译鹦鹉我也只好买下了。"

巴拉巴一下跳了起来："什么什么？三千元就想买翻译鹦鹉？你想想，兽语鹦鹉只会说兽语，而这种翻译鹦鹉因为要给你翻译，还会说人话呢。况且，兽语鹦鹉的职称只相当于讲师，而翻译鹦鹉的职称是教授！"

"你说……要多少？"

"没有三万元，我是绝不会卖的！"

"你，你，你，吱吱吱！（你这个混蛋！）"阿笨猫又说出了鼠语。

巴拉巴平静地说："瞧，你又说鼠语了，我又听不懂……"

阿笨猫只好忍痛拿出了三万元钱，买下了这只翻译鹦鹉。因为他不能总跟人说兽语啊。

巴拉巴接过钱，把鹦鹉留下，就笑眯眯地向他的飞碟走去。

阿笨猫对着他大骂："吱吱吱！"

然后，他对翻译鹦鹉说："快给我翻译！"

翻译鹦鹉慢吞吞地说："好的，不过，为了准确起见，我得先翻翻辞典……"

阿笨猫说："快，快，他都上飞碟了，快听不到了。"

翻译鹦鹉转过脸来，对阿笨猫说："翻译可是一件很严肃的事，不能出错。好，别急，我已经把这句话翻出来了，它的意思是：你这个混蛋！"

阿笨猫搞糊涂了："你说什么？我？混蛋？"

巴拉巴的飞碟早就飞走了。

影子佣人

① "他只是我的一个影子佣人。"

有一天，外星小贩巴拉巴满脸春风地出现在阿笨猫的店门口。

阿笨猫问："你是不是又带来了什么你们阿尔法星球上的新产品？"

"不不不，我请你喝酒，纯粹为友谊，今天我们不谈生意。"

"还有这样的事？"这真让阿笨猫感到奇怪。

"你也把店关了吧，我们轻松一天。"

"好吧，天天看着店，又没什么生意，烦死了。"

阿笨猫也想放自己一天假。

阿笨猫刚关好店门，一辆高级轿车"吱"的一声，停在了阿笨猫的身边。

从车里下来一个黑乎乎的人，模样很像巴拉巴。那人作了一个请的姿势，恭敬地说道："请二位上车。"

那黑黑的人把车开到了海滨游泳场，下了车，又忙着给他们搭桌子，搬凳子。

都弄停当了，黑乎乎的人说："二位请先慢慢坐着，我去餐厅叫菜。"

等着厨师做菜的间隙，那个黑乎乎的人小跑着回来了，忙着轮流给两个人敲背。

阿笨猫不安地看着那个忙极了的人，觉得不好意思："你，也坐一会儿吧。"

巴拉巴一摆手说："别管他，不用理他。"

阿笨猫说："即使是佣人，也应该受到尊重啊。"

"尊重别人也轮不到他呀。"巴拉巴说，"他只是我的一个影子佣人。"

"影子佣人？什么叫影子佣人？"阿笨猫不明白。

"啊，是这么回事，"巴拉巴很轻描淡写地说，"我们的星球上新发明了一种药丸，只要将药丸植入皮下，就能将人和他的影子分开。这样，从某种意义上说，一个人就变成了两个人。那么，这两个人就可以分工了，最享受、最舒服的事，当然是由原来那个主人来，而最苦、最累的活，就都可以叫影子去干了。寂寞的时候，影子佣人还可以陪你聊天，为你倒洗脚水这种事，更不在话下了……"

真是闻所未闻，还有这么奇怪的事。

"这么说，那影子能帮我去干我不想干，但是又必须去干的活了？"阿笨猫很激动地问道。

"那当然。比如为你看着无聊的店呀什么的。"

"那，"阿笨猫又动心了，"这种药丸贵不贵？"

"打住，打住。"巴拉巴说，"今天说好了不谈生意上的事，我只是请你出来散心的。"

"可是，可是……我真的很想知道。"阿笨猫说。

这时候，餐厅已经把影子佣人订的菜送来了。影子佣人忙不迭地放碗筷，倒酒。

"不谈生意，不谈生意。"巴拉巴挥挥手说，"来来来，吃菜，吃菜。"

②那影子慢慢地站了起来

吃饭的时候，那影子佣人挺得笔直，站在一边。

阿笨猫轻声问："请他也一起吃吧？"

"哈哈，"巴拉巴大声笑起来，"他只配给我干活，哪里还要吃什么饭。我不一脚踹了他，他感谢还来不及呢。"

巴拉巴转头又问影子佣人："你说是不是？"

影子佣人毕恭毕敬地回答："主人所言极是。"

"哎，自从有了影子佣人，生活真是轻松愉快了很多……"巴拉巴双手抱在胸前，自言自语地说。

阿笨猫哪里还有心思吃饭，他小心地说："巴拉巴，我还是想问问，这种药丸到底贵不贵？"

"你真的现在就想知道？"

"是的是的。"阿笨猫急切地说。

巴拉巴说："不贵，三十元一颗。"

阿笨猫差点叫起来："这么便宜？那快给我也装一颗！"

"给你装一颗？"巴拉巴上上下下审视了一遍阿笨猫，然后犹豫地说，"这药丸坏人不能装，你是坏人吗？"

"我是好人，我是好人。"阿笨猫连忙说，"卖给我一颗吧。"

接着，阿笨猫硬把三十元钱塞到了巴拉巴的手上。

"不过，装上了以后，可不能随便拿下来了。"巴拉巴说。

"不会的，不会的，"阿笨猫说，"这么好的事，我哪里还会拿下来。"

巴拉巴显得没有办法了，他磨磨蹭蹭的，好久才找出了那颗药丸。

"说真的，我还真的不愿意给你装，生怕你是坏人，坏人装了这东西可不好啊……"

但巴拉巴还是给阿笨猫的手臂上植入了那颗药丸。

阿笨猫看着自己阳光下的影子。

那地上躺着的影子，眼见得就慢慢站起来。先是扁扁的一片，接着，就慢慢像吹气一样鼓了起来，忽然，那个影子猛地一挣扎，就从阿笨猫的身上脱离开了。

他也是黑乎乎的一个人，而且跟阿笨猫很像。

影子佣人站得笔直，低头对阿笨猫说："请问主人有什么吩咐？副人可以去干……"

阿笨猫说："副人？哈哈，好极了，先背我回家吧。"

"是。"影子说着，背起阿笨猫就走。

巴拉巴在后面喊："咦，你不吃饭啦？菜还没有上齐呢。"

"不吃了，不吃了！"阿笨猫头也不回。

后面传来了巴拉巴的话："注意，只要你心里想什么，不用说，影子也会帮你去干的……"

③影子佣人提着吉他去唱小夜曲

影子佣人背着阿笨猫一路奔跑，丝毫也不会累。

在影子的背上，阿笨猫心里想："啊，回到家我想洗一个热水澡……"

刚到家，影子就跑进浴室里去准备热水了。

一会儿，影子就站在了阿笨猫的面前。

"主人，副人已经准备好了热水，请你洗澡。"

阿笨猫一边舒服地洗澡，一边在心里想着："哈，这影子佣人可真好，又这么便宜……"

这时候，从外面传来了一阵美丽的歌声。

阿笨猫偷偷撩起窗帘向外一看，啊，原来是住在对面楼上的那个漂亮的小姐又在窗口唱歌了。

阿笨猫想："啊，要是我能到她的窗下去唱小夜曲，有多好！可是，我哪敢……"

忽然，阿笨猫听到，那个影子佣人登登登地跑出去了。

阿笨猫想：影子佣人去干什么去了？

只见那个影子佣人提着一把吉他，登登登地跑到那个小姐的窗下，大声喊道："小姐，小姐，我爱你，我来唱小夜曲给你听！"

影子大声唱道："你是河水我是那山，我是茶杯你是那碗……"

那楼上的小姐一下子被吓得目瞪口呆，好半天才反应过来，大声叫道："啊，有流氓！"

有两个里弄纠察大妈跑了出来，一把抓住了影子佣人："阿笨猫，原来是你，好大的胆子！"

幸好事情也不算严重，折腾了半天也算是过去了。

阿笨猫在家里大声骂着影子佣人："你出了丑，却要我去帮你写检讨！"

影子轻声申辩说："帮你做你想做而不敢做的事，是我的职责……"

"好啦，好啦，念你是一片好心，今天的事就算了。明天，我要去参加个体户代表大会，你要好好帮我记笔记，可不能再出错了。"

"是。"

影子佣人毕恭毕敬地说。

④影子佣人上台去送花

第二天，在个体户代表大会上，阿笨猫与影子并排坐着，影子在认真地记笔记，而阿笨猫自己却开始睡觉。

在台上，先是一个老头子在讲话，一会儿，老头子说："下面，请局里的曼丽小姐给我们讲话，大家欢迎！"

阿笨猫睁开眼睛一看，天哪，那位曼丽小姐，就是昨天晚上在窗口唱歌的小姐。啊，她可真美呀……

曼丽小姐说："由于时间的关系，我就讲几句……"

阿笨猫心里闪过一个念头：啊，真想向她表示我的……

忽然，影子不记笔记了，站起来，登登登地向外面走去了。

阿笨猫不明白，那影子又干吗去了？

一会儿，只见影子从门外冲了进来，手里捧着一大束鲜花，直向台上跑去。

他冲到曼丽小姐的面前，将一大束花往她手里塞，一边还大声说道："曼丽小姐，曼丽小姐，这束花代表我阿笨猫的心……"

这句话，从话筒里传了出来，全会场的人都听到了。

阿笨猫真恨不得钻到凳子底下去。

结果是，阿笨猫又被纠察抓到办公室，在那里写了长达三十多页的检查。

⑤影子佣人找出大型注射器

阿笨猫回到家里，狠狠地对影子说："我店里到了一批野鸭子，你还是帮我去卖鸭子吧！"

"是。"

第二天，阿笨猫命令影子："快，帮我杀鸭子，拔毛！"

影子满头大汗地干着，而阿笨猫却坐在一边抽烟。

"来啊，来啊，现杀的鸭子！"阿笨猫喊着。

很多人都来买鸭子了。一会儿，就排起了长队。生意好得不得了。

阿笨猫想：早知道生意会有这么好，应该给鸭子打点水……

就这么一想，正在忙着卖鸭子的影子佣人，立刻放下手里的活，跑进房间里，找出了大型的注射器，往鸭子身上注水。

这个动作，不但惊呆了顾客，把阿笨猫也惊呆了。

顾客们大声喊起来："瞧呀，这个黑心的贩子，竟敢当着我们的面，往

鸭子身上注水，坑害我们！"

愤怒的人们喊道："揍他，揍他！"

结果是可想而知的，第二天，阿笨猫身上头上缠了很多绷带。

好不容易等到了巴拉巴又出现的一天。

阿笨猫说："求求你，把我身上的药丸取掉吧……"

巴拉巴说："跟你说过的，这可不行。影子佣人是专为好人设计的，坏人一装上它，只要一出现坏念头，影子就会不分青红皂白地去干，因此，执法部门就可以尽快去抓住坏人……"

阿笨猫冷汗直冒："救救我，救救我！"

"这个，"巴拉巴慢吞吞地说，"去掉影子佣人的办法也是有的，打一针就可以，只不过，这种针剂要一万元钱一支，一个疗程是五支。"

巴拉巴刚说完，那个影子佣人背起阿笨猫就往医院里跑。因为阿笨猫已经昏过去了。

美貌面膜

① 阿尔法星球的最新产品——美貌面膜

阿笨猫走过电影院时，看到了一张很大的海报，上面写着：

超级影后陈丽娜的最新巨片——《妖媚公主》

"啊，陈丽娜的片子，我最爱看了！"

陈丽娜是阿笨猫最崇拜的超级影后。

阿笨猫走进了电影院。

超级影后陈丽娜在电影里演得楚楚动人、百般妖媚。她真是一位绝代佳人。

阿笨猫盯着银幕，看得眼睛发直。

看完电影，阿笨猫的魂好像还没有回到身上，依旧陶醉在电影里。他从皮夹里摸出了女朋友阿花的照片来，觉得阿花和陈丽娜的差距实在太大了。

"我越来越深刻地发现，阿花，她很难看……"

阿笨猫坐在家门口的石头上，看着手里的照片，心里无限惆怅。

正好巴拉巴从这里经过，他招呼阿笨猫："阿笨猫，你的脸色可不太好啊！"

阿笨猫默默不语，将手里的照片，递到了巴拉巴的手里："你看看吧……"

巴拉巴接过照片看了看，说："你给我看猪八戒照片干什么？"

"你说什么哪？那是我的女朋友。"阿笨猫说。

巴拉巴又拿起来照片看了看，说："对不起，刚才没有仔细看。她就

是你女朋友啊？阿笨猫，我很同情你……"

阿笨猫越发显得悲伤："我不想活了……"

巴拉巴拍拍阿笨猫的肩："别难过，我很奇怪，既然你觉得她不好看，为什么不把她变得美一点呢？"

"变美？我有什么办法把她变美？"

"我有办法啊，你怎么不问我？"

"什么？你能把阿花变美？"阿笨猫跳了起来。

"当然啦，"巴拉巴慢悠悠地说着，从口袋里摸出了一个瓶子，"瞧，因为我有阿尔法星球的最新产品——美貌面膜！"

"美貌面膜？什么意思？"阿笨猫不懂。

"就是说，只要姑娘用这个做面膜，二十四小时之后，再丑的姑娘也会变成天仙一般的少女。"

"有这样的事儿？这……一定很贵吧？"

"不贵，五块钱一瓶，白送你一样。"

阿笨猫立刻用五块钱买下了那瓶美貌面膜。

② "我当然要去找一个大款！"

"好啦，我走了，瓶子上有详细的说明书，你只要照着做就行了。以后，你如果要大批进货，价格还可以优惠……"

巴拉巴坐上飞碟飞走了。

阿笨猫读着说明书："本品已按地球人的审美标准，加入了特效美貌成分，您只要按一般做面膜的程序操作即可……二十四小时之后，使用本品者，将会成为最美貌的少女……"

阿笨猫很兴奋，立刻打电话把阿花叫来了。

"什么事呀，这么急的找我来？"阿花气喘吁吁地赶来了。

"我要让你变得美丽！"

阿笨猫按照说明书上的程序，将面膜徐徐地涂在阿花的脸上。阿花躺在躺椅上，任阿笨猫摆布，她想："虽然不知道这美貌面膜是不是真的有效，但无论怎样，我也不会变得更难看了……"

阿花睡着了。

可是，阿笨猫睡不着，他看着那张白乎乎、涂满面膜的脸。

"无法想象，那面膜下面，将会出现一张美丽的脸……"

到了第二天的相同时间，阿笨猫手抖着，慢慢掀去阿花脸上的面膜。

当阿笨猫掀掉面膜的时候，他惊呆了，不禁脱口而出：

"啊，陈丽娜，是你！"

阿花的脸，居然变得跟超级影后陈丽娜一模一样，美丽绝伦。

阿笨猫赶紧拿来镜子，给阿花照。

阿花也惊呆了："天哪，那真的是我吗？"

阿笨猫说："那你打一下耳光试试……"

"放屁！"阿花说，"这么漂亮的脸，我舍得打吗？"

阿笨猫说："是啊是啊，阿花，以后，我们会更加相爱……"

阿花听了这话，忽然站了起来："你说什么？"

"怎、怎么啦？我说得不对吗？"阿笨猫不明白。

"你不拿镜子照照自己，"阿花说，"我长得这么美丽，你配做我的男朋友吗？"

"什、什么？"阿笨猫更不明白了。

"我当然要去找一个大款！"阿花一扭腰，走了。

阿笨猫看着她的背影，怎么也不明白结果竟会是这样。

 "她刚才还在做面膜的，怎么一下子不见了……"

巴拉巴的小飞碟停在了店门口，他来看阿笨猫了。

"怎么样，美貌面膜效果如何？"

"效果很好，可是……"阿笨猫忽然哭了起来，"阿花找大款去了，她不要我了……"

阿笨猫说着说着，哭了起来。

"得了得了，这有什么好哭的？"巴拉巴说，"这不是好事吗？既然美貌面膜这么灵，你是不是可以赚大钱了？有了钱，你不也是大款了？"

阿笨猫一想："对呀，我可以赚大钱了。赚了钱，阿花会再回到我的身边的。"

阿笨猫一跺脚，向巴拉巴进了一千瓶的货。

"好，"巴拉巴说，"我就以每瓶四块五的出厂价批给你吧。"

就这样，一千瓶美貌面膜运到了店里，阿笨猫立刻竖起了一块牌子，上面写着：

美貌面膜
使你的容貌美若天仙
每瓶８８元

很快，店门口就排起了长队，来的当然都是女人。

一千瓶美貌面膜不到一个小时就全卖完了。

第二天，阿笨猫在外面吃完了早饭，一边向店里走去，一边想：看来，今天还要再去向巴拉巴进点货了……

忽然，前面声音嘈杂，围了一大堆人，好像在吵架。阿笨猫挤了进去。

一个女人掩面在哭，旁边站着一个男人，十分气愤的样子。

只听那个男人指着那个女人大声说："你们看，这个女人一定要说她是我的老婆！"

那个女人说："我真是你的老婆呀……"

男人说："笑话，我的老婆我还不认识吗？"

女人说："那你说，你的老婆在哪里？"

男人说："我正在找呢，她刚才还在做面膜的，怎么一下子不见了……"

这时候，阿笨猫看清楚了，那个女人的长相，与陈丽娜真是一模一样，也就是说与阿花也是一模一样。

④ "出了这么多的陈丽娜，好像不太妙啊……"

阿笨猫过去拉那个女人的手："你们别吵了，这个女人叫阿花。阿花，跟我走吧……"

那女人抬手给了阿笨猫一记响亮的耳光："胡说八道，流氓！"

脸上带着五个指头印的阿笨猫，这才醒过神来：对了，她不是阿花，她可能是真的超级影后陈丽娜。

阿笨猫赶紧溜走了。

走着走着，前面又出现了吵闹声。

一个大娘正在骂一个少女，而那个少女却在哭着。

大娘很凶，指着少女说："你们看，她一定要说是我的女儿，想到我这儿来蹭饭吃！"

少女哭着说："妈妈！"

大娘又骂道："谁是你妈妈？你给我滚开！"

少女哭得更厉害了："妈妈，真的是我啊。我只不过刚刚做了面膜啊……"

阿笨猫一看，那个少女长得就跟影后陈丽娜一模一样。

阿笨猫有点紧张地想：啊？用了这种美貌面膜后，容貌都会变得跟超级影后陈丽娜一样？

阿笨猫又向前走，看到一对手挽手的男女，那男的很一般，可他身边的女人，却长得跟陈丽娜一模一样。

阿笨猫看着很起疑心："这个男人身边的那个，会不会就是我的阿花呢？"

再向前走，见到一群正去上班的女工，她们一个个清一色地长着陈丽娜一样的脸。

阿笨猫迷惑起来："原来，我觉得陈丽娜长得很美的，怎么看到这么多的陈丽娜，会觉得乏味起来？"

他跑进自己的店里，靠在柜台上想："出了这么多的陈丽娜，好像不太妙啊……"

⑤ 又是一个陈丽娜

就在这时，有两个警察走进了店里。

"你就是阿笨猫吗？"

"我就是，你们要买什么？"

"少废话。有人告了你，你跟我们走一趟吧！"

警察说着，给阿笨猫上了手铐。

阿笨猫哇哇乱叫："我犯了什么罪啦？"

"到了法院你就知道了！"

两个警察不由分说，把阿笨猫塞进了警车里。

当天夜里，阿笨猫在拘留所的床上，做了一个梦，梦里全是陈丽娜，这些陈丽娜一个个变成了狼，围住他，要吃了他。

阿笨猫醒来是一身的冷汗。

终于等到了审判的这一天。

进了法院，阿笨猫被押到了被

告席上。

只听原告席上那位原告说道："阿笨猫侵犯了我的肖像权。"

阿笨猫抬头一看，原告席上，坐着一个女人，长得跟陈丽娜一模一样。

又是一个陈丽娜！

阿笨猫的头开始发晕了。

那个陈丽娜先是提供了自己的血型证明、指纹，还拿出了读小学时的照片以及一张刚满月的婴儿照片。照片上，一个光着身子的婴儿手臂上有一颗黑痣。

原告席上那个像陈丽娜的女人捋起衣袖，说道："你们看，我的手臂上也有这样一颗黑痣……"

阿笨猫这才明白，原来她在努力证明，她就是真正的原版陈丽娜。

法庭经过了一整套程序后，终于证明这个陈丽娜是真正的陈丽娜，也就是那个超级影后陈丽娜。

最后，法官开始宣读判决书：

"阿笨猫利用美貌面膜的欺诈手段，以营利为目的，侵犯了陈丽娜的肖像权……现在判决如下：没收一切非法收入，并处罚款5万元……"

阿笨猫在下面大叫冤枉："不公平，不公平，谁知道这个陈丽娜是不是真的，说不定，她就是我的阿花呢。因为，阿花的手臂上也有一颗黑痣啊……"

驱蚊剂

1 阿笨猫咬咬牙："好，来一支吧。"

夏天的傍晚，阿笨猫就在屋外那棵大树下，纳着凉，打着瞌睡。同时也算照看着小店，有谁要买点什么，只要叫醒他就成。

"呼……呼……"

阿笨猫一边打着鼾，一边鼻子在吹着泡泡。

忽然，阿笨猫在睡梦中高高举起手来，打了自己一记响亮的耳光。

"啪！"

阿笨猫被自己的耳光打醒了。

"讨厌，又是一只蚊子！"

阿笨猫骂着，手心里是一只被打扁了的蚊子。

"就这一会儿，我已经打死了几十只蚊子了，每一只肚子里都吸满了血……"

他的脸上，已经肿起了二十几个包了。

远处，有一个人正向这里走来，老远就嬉皮笑脸地跟阿笨猫打招呼。

"你好啊，阿笨猫，我老远就看到你在打自己的耳光，对自己这么严厉啊？"

来的正是巴拉巴。

"什么呀，正被蚊子咬呢。"阿笨猫说。

巴拉巴凑近了阿笨猫，看到他脸上被蚊子咬起的二十几个包，哈哈大笑起来。

"你们地球真是落后，竟然会让小小的蚊子咬了去！哈哈！"

阿笨猫没好气地说："什么话，你们的星球蚊子不咬人吗？"

"当然啦，哪一只蚊子敢来咬我？"

阿笨猫一瞧，果然，空中有一团蚊子在飞着，都是围着阿笨猫的，没有一只敢飞到巴拉巴身边去。

"因为你的血是臭的，蚊子不吃？"阿笨猫说。

"你的血才是臭的呢，"巴拉巴摸出了一支小小的针剂："瞧，因为我有这个——驱蚊剂。"

"什么？"阿笨猫不明白。

"驱蚊剂没听说过吗？"巴拉巴又开始滔滔不绝起来，"只要将这种针剂注射进身体里去，身体就会发出一种特殊的气味。对蚊子来说，这是一种可怕的气味，再也不敢靠近了……"

"这种气味是不是很臭？"

"不，这是一种只有蚊子才能闻到的气味，人是闻不到的。"

"很贵吗？"

"不贵啦，打一针只要一百元。要来一支吗？"

"也真不便宜……"阿笨猫嘟哝着。

"可是，这针剂打下去，就可以终身受益，一辈子不会被蚊子咬了……"

"如果不灵怎么办？"阿笨猫问。

"如果打了这种针剂，还会有蚊子来咬你一口的话，我赔偿你一百倍的钱，也就是一万元。"巴拉巴说。

"还是不信，除非你立下字据。"

"可以可以。"

巴拉巴当场就写好了字据，全文如下：

打了驱蚊剂以后，如果再有一只蚊子去咬阿笨猫一口的话，本人愿赔偿一万元整。

巴拉巴

阿笨猫咬咬牙，交给巴拉巴一百元钱："好，来一支吧！"

② 蚊子逃命似的飞走了

巴拉巴从手提箱里找出了注射器，把那支针剂注射进了阿笨猫的身体里。

"好了，以后，你再也不会被蚊子咬了。再见！如果还有什么事，尽管给我打电话。"

巴拉巴坐上小飞碟，"嗡"的一声飞走了。

阿笨猫想：这针打下去，也不知灵不灵，我要到蚊子多的地方去试试看……

天黑下来了，正是蚊子最猖狂的时候。

他挤进了一大堆在讲故事、听故事的人当中，在这种地方，蚊子往往是最多的。

有一个老人在讲故事，在下面听的人，尽管被蚊子咬得厉害，但是，因为故事太吸引人了，宁可被蚊子咬。等到故事听完了，大家的脸上、身上，已被蚊子咬得满是包了。

阿笨猫看看自己，他果然一次也没有被蚊子咬过。

有人问："咦？阿笨猫，今天蚊子怎么不咬你了？本来你是最招蚊子咬的呀。"

阿笨猫得意地说："因为我注射过阿尔法星球的驱蚊剂，你们怎么能和我比呢？"

在大家羡慕的目光中，阿笨猫扬长而去了。

阿笨猫心里想：哈，这驱蚊剂还真是灵啊，值得，值得！

他回到家里，把家里的一切驱蚊用具，比如蚊帐、蚊香等，统统扔到了垃圾堆里，然后，把门窗都开得大大的。

夜晚的风好凉爽啊。

"今天，我可以舒舒服服地睡一觉了。"

阿笨猫躺在床上，呼呼大睡。

有一大队蚊子正在向这里飞来，看见阿笨猫躺着，猛地向他俯冲下来。

可就在接近阿笨猫的时候，蚊子们忽然都在空中停住了。

"危险！"这些蚊子心里想着，"这里有一股非常可怕的气味！"

于是，蚊子们调转头，"嗡"的一声，都逃命似的飞走了。

"呼……呼……"阿笨猫继续美美地睡着。

③ 身上发出一种雌壁虎的气味

早上，阿笨猫慢慢从睡梦中醒来。

他的第一个感觉是：啊，睡得真舒服，蚊子一次也没有来咬我……

接着，他的第二个感觉却不大对：他发现，就在他的胸口上，爬着一只壁虎！

"哇！"阿笨猫吓得一声大叫。

也就在这个时候，他发现了一个更可怕的现象：在他的床上、地上、墙上，都爬满了壁虎！

"天哪，这么多的壁虎，它们是从哪儿来的？"

阿笨猫吓得跳起来，向外面逃去。

满屋子的壁虎，看见阿笨猫逃了，跟在后面，向他追去。虽然阿笨猫的速度要快得多，但是那些壁虎都兢兢业业地在后面追着。

跑着，跑着，阿笨猫看见，就在不远处，停着那个小飞碟。

那是巴拉巴的飞碟。

总算有了救星了。阿笨猫拼命向飞碟跑去。

"砰砰砰！"

阿笨猫猛敲着飞碟的舱门："巴拉巴，巴拉巴，快出来！"

舱门打开了，巴拉巴慢吞吞地出来，满脸的不高兴："怎么回事？我正在睡觉哪。"

"出事了，出事了！"阿笨猫喊着。

"怎么啦？难道是驱蚊剂不灵吗？不可能的，我的产品是一流的……"

"不是不是，"阿笨猫着急地说，"壁虎，是壁虎在追我！"

巴拉巴抬头看看远处，果然有一大批壁虎向这里爬来。

巴拉巴笑了起来。

"壁虎挺文雅的，有什么好怕的？我的飞碟里也有壁虎呢，它们还能帮你捉蚊子。"

阿笨猫急了："不不不，我可怕壁虎了，它们冰凉冰凉的，怪吓人！"

"这我可没有办法，因为，这正是驱蚊剂的效果啦。"

"什么？"阿笨猫不懂。

"注射了驱蚊剂，你的身上就会发出壁虎的气味，而蚊子是最怕壁虎的，一闻到壁虎的气味，蚊子就再也不敢来了。"

"可是，我还是不明白，这些壁虎是怎么回事……"

"这个嘛，你身上发出的是一种雌壁虎的气味，那些雄壁虎闻到了，就都来了。"

说着，巴拉巴狡猾地笑笑："你对雄壁虎还挺有吸引力的，嘿嘿。"

"那怎么办？那怎么办？"阿笨猫很着急。

巴拉巴又向前面望了一望，说："这些壁虎都是本地壁虎，还有一些巨型的毒壁虎，现在正从非洲赶来，估计一周后将会到达，因为你身上发出的气味能传到全世界……"

4 "我倒是备有系列针剂……"

"天哪……"阿笨猫差点昏过去，"太可怕了，快救救我呀！"

"这个，不大好办哪……"巴拉巴慢吞吞地说。

"只要能赶走这些可怕的壁虎，付多少钱都行！"阿笨猫喊着。

"那，"巴拉巴说，"我倒是备有系列针剂，有一种专门赶走壁虎的针剂，不过，价钱稍微贵一些，请付一千元。"

"这么贵？"

"如果嫌贵，那就算了。"巴拉巴故意做出转身回去的样子。

那些壁虎此刻已经越来越近了。

"好吧，好吧，我付一千元。快给我打吧。"阿笨猫叫道。

巴拉巴收了一千元钱，就开始给阿笨猫打针。

这时，那些壁虎们已赶到了，正在往阿笨猫的身上乱爬。

就在针注射进阿笨猫身体的一刹那，奇迹发生了。那些壁虎忽然像中了邪似的，纷纷离开阿笨猫，向远处逃去。

"怎么样，很灵吧？"巴拉巴很得意地说。

"是啊，是啊！"阿笨猫也很钦佩。

忽然，阿笨猫想起了什么，结结巴巴地问道：

"为什么，那些壁虎，都会一下子逃走呢？"

"这很简单啊，因为你身上发出了一种令壁虎非常害怕的气味。"

"是什么气味呢？"

"壁虎最怕谁？怕蛇，所以，是蛇的气味啦。"

阿笨猫一下子呆住了，冷汗从他的头上流下来了。

"这，这么说，晚，晚上，蛇又会来，来找我了？"

"是啊，"巴拉巴说，"那是免不了的，因为你身上发出的是雌蛇的气味。世界上，没有十全十美的商品……"

"那，那，那，如果我不想让蛇靠近我呢？"阿笨猫更结巴了。

"那也有针剂，有秃鹰的气味，蛇最怕秃鹰。"

"秃，秃鹰我也怕啊。"阿笨猫说。

"那就只好选鳄鱼的气味了，秃鹰怕鳄鱼，特别是非洲那种会吃人的鳄鱼。"

阿笨猫听了，直挺挺地向后倒去。

"喂，阿笨猫，你怎么睡觉了，到底要选哪种针剂啊？"

巴拉巴对着倒在地上的阿笨猫喊。

情感雾

1 不灵的《交朋友指南》

阿笨猫家对面那幢楼的阳台上，有一个美丽的姑娘在梳头。

阿笨猫用望远镜看着她。

"天哪，她太美了，要是能认识她，和她做朋友，那该多好啊……"

可是，怎么去认识她呢？阿笨猫翻开了一本很厚的书——《交朋友指南》。

那上面有一章写道：

交朋友第十二计：以借书为名去接近对方。

这是一个好主意！阿笨猫登登登地跑到了对面的楼上，去敲门。

姑娘将门开了一条缝："你找谁？"

"这个，我就是找你……"

"我不认识你。"

"我叫阿笨猫，现在我们不是认识了吗？

我想向你借一本书，《怎样种地瓜》。"

"我没有这样的书！"

"那，随便借我一本什么书都行。"

"有病！"

姑娘"砰"的一声把门关上了。

"这招好像不灵呀……"阿笨猫一边下楼，一边嘀咕。

回到家里，阿笨猫又翻开那本《交朋友指南》。

书上面另一章写道：

第十三计：处处表示出关心对方。

就按这一条做做看吧。

阿笨猫带上了老头帽、雨伞、雨鞋，还有棉大衣，到那幢楼下面去等着。

阿笨猫在等那姑娘出来。他等了好久。

"怎么还不出来呢？"

终于，他听到了姑娘清脆的脚步声。

阿笨猫凑上去，表示他的关心。

"小姐，今天可能要刮风，我给你准备了帽子……"

"不要！"

"今天可能会下雨，我带了雨伞……"

"你走开！"

可阿笨猫还是跟着："我还带了雨鞋呢……"

小姐生气了，她向一个里弄纠察喊："老大爷，这个无赖纠缠人！"

老纠察一把抓住了阿笨猫："跟我走一趟吧。哼！"

最后的结果是，阿笨猫交了一份一万多字的检讨，写这份检讨花了他两天时间，而且没有稿费。

"什么交朋友指南，全是胡说八道！"

阿笨猫把那本书撕得粉碎。

② "只要往你身上一喷，你就会变得十分可爱。"

阿笨猫正在家里苦恼，巴拉巴来看他了。

阿笨猫把一肚子苦水倒给巴拉巴，说着说着，竟哭了起来。

"好啦好啦，别哭啦，"巴拉巴说，"这么小的事情，我帮你办妥了吧。"

巴拉巴从包里摸出了一个瓶子，看起来像是一筒驱虫剂。

"这是干什么？"

巴拉巴说："这是阿尔法星球的最新产品——'情感雾'。只要往你身上一喷，你就会变得十分可爱，那姑娘一定会爱上你的。"

阿笨猫看着那个长长的瓶子："那不是灭蚊子用的'雷达'吗？"

巴拉巴说："嗨，只不过是借用了一下瓶子，里面可是真正的情感雾。"

"多少钱一瓶？"

"也就一千多一瓶，与爱情相比，你不会觉得它贵吧？"

"一千多少？"

"一千九百九，不到两千元。"

阿笨猫摸出两千元钱，咬咬牙："买一瓶吧，不用找了！"

巴拉巴将那瓶子一按，"嗤——"把雾喷了阿笨猫一身一脸。

阿笨猫说："我觉得这种雾有点发臭……"

巴拉巴说："臭是臭点啦，但是你看见了吗，你正在开始发亮，正是这种亮使你变得吸引人了。"

阿笨猫果然看见自己的身体正发出一种绿莹莹的光。

"那我，可以去见那姑娘了？"阿笨猫有点迟疑。

"放心去吧。"巴拉巴鼓励地在阿笨猫的肩上拍了一下。

阿笨猫向那幢楼走去。"我这样一个浑身发臭的人，怎么敢到楼上去见她呢？"他在楼下踱着步，走了一圈又一圈。

忽然，那姑娘在阳台上出现了。她朝阿笨猫看了一眼，先是很吃惊地轻轻叫了一声："啊！"接着，姑娘眼里发出光来，兴奋地大叫起来："阿笨猫，我心中的偶像！"

阿笨猫呆在那里，觉得自己在做梦。

就在同一时刻，情感雾失效了

姑娘情不自禁，直接从阳台上飞身扑了下来。

"天哪，这是怎么回事？"阿笨猫吓得张大了嘴。

当姑娘从空中向他扑来的时候，他感到她是一只凶恶的老鹰，而他自己则是一只弱不禁风的小鸡。

姑娘重重地跌在了阿笨猫的身上，没有发生什么意外，只是把阿笨猫压得像一张饼一样扁，并且顾不上更多，只管自己昏了过去。

当阿笨猫醒来时，发现姑娘正在一下一下扇自己的耳光："阿笨猫，快

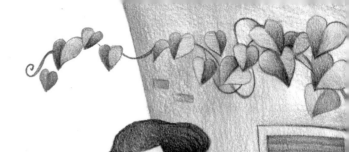

醒醒，快醒醒！"

阿笨猫挣扎着说："别打了，我已经……醒了……"

就这样，阿笨猫与那姑娘终于成了朋友，这确实是多亏了情感雾。

阿笨猫和那姑娘进出于一家家豪华的商场。

"阿笨猫，给我买一个钻戒嘛。"

"阿笨猫，再给我买一条金项链嘛。"

"阿笨猫，我还要一只玉镯嘛。"

那姑娘很会撒娇的，她一撒娇，阿笨猫手里的钱就哗哗地流了出去。

那姑娘披金戴银，阿笨猫与她走在路上，心里充满了骄傲。阿笨猫身上虽然有些臭，但是发着吸引人的光。

卖凉茶的老太太目光追随着阿笨猫："啊，那是我心中的偶像，可惜我年纪实在太大了……"

卖茶叶蛋的老太太目光追随着阿笨猫："啊，那是我心中的偶像，可惜我年纪实在太大了……"

买烘番薯的老太太目光追随着阿笨猫："啊，那是我心中的偶像，可惜我年纪实在太大了……"

阿笨猫对姑娘说："到我家里去坐坐吧？"

姑娘温柔地说："好的。"

就在快到阿笨猫家门口的时候，阿笨猫身上的亮光，忽然消失了。

也就是同一时刻，情感雾失效了。

姑娘看着阿笨猫，脸色一下子变了："啊，你是谁？你不就是上次那个纠缠我的无赖吗？"

"我，我是阿笨猫呀！"

姑娘又大叫起来："纠察老大爷，快来捉住这个无赖！"

那老纠察就向阿笨猫走来了。

阿笨猫赶紧逃跑。

4 "我每天免费给她喷情感雾……"

阿笨猫拼命跑着，正好与巴拉巴撞个满怀。

"跑什么跑！"巴拉巴很不高兴。

"这，这是怎么回事？情感雾失效了！"阿笨猫气喘吁吁地问。

"这有什么奇怪的，"巴拉巴说，"情感雾只能维持几个小时，你再喷呀。"

"那，那，那得喷多少次呀？"

"凭你这样差的条件，要想吸引这么美的姑娘，就得一天喷五次，终身使用。你不用发愁，情感雾我这里永远可以供应……"

"一瓶情感雾可以使用几天？"

"三四天吧。"

阿笨猫算了一下，也就是说，一天的费用大概在五百元左右。

他一跺脚："太贵了，我不买了。我不要这爱情了！"

巴拉巴冷冷地说："可以的可以的，不过，你一定会向我来买的。因为……"

"因为什么？"

巴拉巴慢悠悠地说："我每天在那姑娘身上免费给她喷情感雾，你一看到她，就会被她吸引，不思茶饭，这种单相思是很痛苦的。再说，你已经在那姑娘身上花了不少的钱，你难道愿意就这么白白地花了吗？所以，你还会

向我来买情感雾的。"

"就是说，我每天都得以五百元的代价来买情感雾……"

"正是这样，俗话说爱情价更高嘛。"

阿笨猫一阵怒气上来，简直想把巴拉巴揍扁。

忽然，阿笨猫只觉得眼睛一亮，他朝前面一看，那姑娘正向这里走来。阿笨猫只觉得世界上一切东西顿时失去价值，只有那姑娘是至高无上的。

那姑娘的身上，正发出那种绿莹莹的光。

阿笨猫鬼使神差地摸出钱来，交给巴拉巴："快，快，再给我买一瓶情感雾！"

巴拉巴收了钱，给了阿笨猫一瓶："我就说嘛，你还会再买的。这只终身使用的。"

奇 花

1 "这些花一共有一百个品种……"

那个小飞碟，又悄无声息地停在了阿笨猫的店门口。

巴拉巴从飞碟里走出来，走进了阿笨猫店里。

"你好！阿笨猫，今天是我们阿尔法星球的休息日，不做生意。"

"你不和我做生意，"阿笨猫说，"那你到我店里来干什么呢？"

"我想跟你聊聊家常，增进友谊。"

说着，巴拉巴从包里拿出一个相册："我们可以先互相交换相册看看，更深入地了解对方。"

"可是，"阿笨猫说，"我从来没有相册，因为我没拍过什么照片。"

"那你先看我的吧。"巴拉巴把相册交给阿笨猫。

阿笨猫翻开相册，并没看到巴拉巴的照片，整本都是各种花的照片。这些花模样奇

特，非常的美丽，比地球上的花要美丽得多。照片上还出现了一个高级的玻璃花房，花房里密密麻麻地种满了各种奇特的花。

"怎么样？"巴拉巴得意地说，"这些花全是我自己培育的。"

"简直太美了！"阿笨猫说，"这些花在地球上也能种吗？"

巴拉巴说："能种，能种。你看那个玻璃花房，我就是模拟地球的气候设计的。怎么样？如果你从我这里买些种子去，保证能发财。每粒也就十五元。"

阿笨猫说："你这家伙也真是宰客，好吧，我就每个品种各要十粒吧。"

"请先订一个有法律效力的购销合同吧。"巴拉巴说。

阿笨猫看也没有看，就在上面签了字。

巴拉巴说："好了，请付给我一万五千元。"

"什么？要这么多钱？"

"是呀，这些花一共有一百个品种，每种十粒，每粒十五元，不是一万五千元吗？"

合同也订了，阿笨猫只好付了钱。他想，反正这些花籽在地球上一定会热销的。

巴拉巴摸出一个小纸袋："这里是你要的所有种子。"

那纸袋很小，里面的种子每颗就像芝麻这么大。

说是不做生意，结果还是把种子卖出去了。这就是巴拉巴的高明之处。

❷花籽一粒也没有卖出去

第二天，阿笨猫在店门口贴出了大幅广告，上面写着：

外星奇花种子，每粒三十五元。

同时，阿笨猫还一长溜贴出了一百种奇花的照片。

很多人围上来看。

"花可是真漂亮啊！"

"三十五元一粒花籽，也太贵了。"

"买不起……"

人们都摇摇头，走开了。没有人出来买一粒。

天渐渐晚了，人也渐渐少了。阿笨猫眼巴巴地望着他们，有点急了。

"三十四元一粒……三十三元一粒……三十二元一粒……"阿笨猫不断地降价。

但还是没有人问津。

终于走来一个爱花的老头，一个诚心要买的顾客。阿笨猫笑脸相迎。

"买花籽吗，老大爷？"

"是的是的，不过，价钱好像太贵了。"

"那你说多少？"阿笨猫问。

"一毛钱买两粒，怎么样？"

老头的表情很真诚，阿笨猫听了，差点晕过去。生意当然又没有做成，因为，老头说的那是油菜籽的价。

两天过去了，花籽一粒也没有卖出去。

这天晚上，阿笨猫接到了一个电话，是巴拉巴打来的。他在电话里说："有一件事，我忘了告诉你，这些花籽必须在一个星期里种下地，种晚了，长出来的就不是奇花，而是马铃薯了。"

"天哪，"阿笨猫想，"这几天，我一定得把花籽卖出去了，亏本也得卖！"

阿笨猫在店门口叫卖：

"外星奇花籽，昨天还卖三十，今天卖二十八啦！"

没有人买。

"外星奇花籽，昨天还卖二十八，今天卖十五啦！"

还是没有人买。最后，阿笨猫这样叫：

"一毛钱两粒，一毛钱两粒！"

还是没有人买！

忽然，阿笨猫拉住了一位老头："老大爷，你那天不是一毛钱想买两粒吗？你为什么还不买呢？"

老头说："哼，便宜没好货，不要了！"

阿笨猫愤怒地收起花籽："好啊，没人要，我不卖了！自己种！"

3 "它看起来就像一个个炸弹……"

就在花籽应该种下的最后一天，阿笨猫到乡下向老舅舅借来了一头牛，把自己的后院耕了一遍，把一千颗花籽都种了下去。又拖出大水龙头，给它们全都浇上了水。

就在这个时候，巴拉巴又打电话过来了。

听筒里响起了巴拉巴的声音："哎呀，我又忘了一件很重要的事。花种种下后，千万不能浇水！一定记住了！"

阿笨猫说："我已经浇过水了，怎么办？"

巴拉巴说："浇过水啦？完了完了！这下完了！"

巴拉巴说完叹了一口长气，就把电话搁了，再也不说什么。

阿笨猫想：不管它，先把花种出来再说。

一晃，几个星期过去了。这些花籽从发芽、长苗，到了现在，已经长出花蕾了。一切正常，没有出现什么异常情况。它们马上就要开花了。

阿笨猫想到了一个赚钱的好主意："我来开一个外星奇花展！"

就在自己的院子门口，阿笨猫挂出了一个大牌子，上面写着：

外星奇花展　票价每位五元

阿笨猫拿出几盆放在门外，用来吸引人们。

人们果然被这奇特的花吸引了，纷纷买票进去看。

阿笨猫想：人啊，真是太重实际了，我卖种子，谁也不信，因为他们没有看到花，可我种出了花，门票这么贵，他们倒愿意来看了。好啊，这样我会赚得更多。

因为是外星奇花展，就在开门这一天，连电视台的人也来了。这也是一个很好的社会新闻。

电视台在这里做现场直播。

"早上九点十四分三十五秒，所有的花同时开了。这些花美得简直难以用语言形容……"

电视台的主持人，结合着画面，以十分激动的声音说道。

可是，好景不长，仅仅过了五秒钟，情况就发生了变化。所有的花，在开了五秒钟之后，同时凋谢了，并且，变得枯黄！

所有在场的人都惊呆了，不敢相信这是事实。

就在这时，另一个奇迹又发生了。

大家看到，就在花儿凋谢的枝头上，开始长出果实来了。

果实长得非常快，完全是以肉眼能看见的速度长着，就像是被吹大起来的一样。

电视台的主持人又以激动的声音说道："它长得快极了，现在成形了。这种果实的样子，有点奇怪，它看起来就像……"

主持人停住了，因为他实在无法形容这果实的形状，因为它太出乎人们的意料，甚至超过了人们可以想象的范围。

但主持人还是把他看到的说出来了："它看起来就像……就像是一个个的炸弹……"

所有的花枝上，确实是顶着一个炸弹，虽然不大，但就连小孩子也能看出来，那是炸弹。

④ "应该浇最上等的色拉油……"

正在这个时候，从院子外面，冲进来一个气急败坏的人，大声喊着："不好啦，不好啦！"

这个人就是巴拉巴。

他大声叫着："大家快跑，大家快离开这里！"

大家没有动，有点不明白。

巴拉巴着急地说："这种花籽因为浇了水，它的基因就会被改变，就会长出'目光导弹'，也就是说，谁的眼睛看过这朵花，就会在导弹里留下信息，成熟以后，它就会追着看过它的那双眼睛，到眼睛那里去实施爆炸……"

"天哪！""救命啊！"

人群一下子大乱，人们拼命逃着。

也就在这一刻，奇花导弹成熟了，一齐飞了起来。追着它们的既定目标，在一张张脸上爆炸。

被这导弹炸着的人，倒是没有生命危险的，但是，一旦被炸着，不但身上会沾上炸出来的那种恶臭，几个月不能消除，脸上还会出疹子，化脓出水。

在后来的一个相当长的时期里，医院里住满了这样的病人。

当然，这都是阿笨猫惹出来的麻烦。

两位警察来到了阿笨猫家里，一位警察给阿笨猫上手铐，另一位在宣读逮捕令："阿笨猫，你涉嫌犯了如下罪：扰乱社会、污染环境、非法营业、过失伤害……共计三十二项罪行……"

最终，阿笨猫被判入狱。

有一天，巴拉巴手里拎着两个粽子，来看他了。

阿笨猫很想不通："巴拉巴，花籽是你培育出来的，你为什么没有被抓起来？"

巴拉巴说："我是阿尔法星球的，不归你们地球警察管。"

"那，"阿笨猫还是不明白，"你说这花籽不能浇水，那应该浇什么呢？"

"应该浇色拉油，要最上等的色拉油，每粒花籽浇一桶。只有这样，它才能长出全宇宙最美的花，而且花期可长达三个月。"

"你为什么不早说！"

巴拉巴慢吞吞地说："如果我早说，一粒花籽就要用一桶色拉油，你还会买我的种子吗？"

"你这个坏蛋！"阿笨猫大叫。

"好啦好啦，安心坐牢吧。等你出了狱，我们再做几笔大生意。你要有信心……"巴拉巴说着，站起来走了。

咒 语

① "哇呢吗呢叭呢——呸！"

巴拉巴驾驶着飞碟，正在星际中飞行。他的旁边，坐着阿笨猫。

黑黑的夜空，无数闪着亮的或不会闪亮的星星在飞碟旁呼啸而过，阿笨猫睁大着眼睛，看着这奇异的景观。

巴拉巴说："阿笨猫，今天玩得够畅快了吧？"

"是啊是啊！"阿笨猫点着头。

今天是巴拉巴的休息天，他特意到地球上来，请阿笨猫到宇宙间玩一圈，一方面表示一下对老客户的友谊，而一方面，也是对阿笨猫的某种补偿。因为，在与阿笨猫的生意中，阿笨猫总是一次次吃尽了苦头。

飞碟没有声音地飞着。

巴拉巴指着前面一个蓝色的星球说："阿笨猫，前面就是地球了。"

"唉，又要回到烦恼的生活中去了……"

阿笨猫叹息着。

飞碟冲进了大气层，看到了山川、河流。

接着，飞碟高度越降越低，已经能够很清楚地看到屋顶的瓦片了。

"阿笨猫，你的家在哪里，你能看出来吗？"

阿笨猫指着一间外面堆满了垃圾的破屋子说："那就是我的家，着陆吧。"

飞碟停在阿笨猫的院子里。

这里到处飞着苍蝇，爬满了蛆虫，臭水横流。

阿笨猫对巴拉巴介绍说："我的家虽然脏了一点，但是情趣高雅……"

巴拉巴说："这家伙真是不知羞耻。"

走进了屋子，里面又脏又乱又臭，满地的瓜皮、果壳、烂菜叶。

阿笨猫终于说："不好意思，我……不会收拾……"

巴拉巴说："算我倒霉，我来帮你收拾一次吧。"

说着，巴拉巴在垃圾堆上，盘腿坐了下来，双手叠在一起，垂头闭目，口中念道："哇呢吗呢叭呢——呸！"

刚念完，响了"砰"的一声，起了一阵雾，什么也看不见了。

等到雾散了，阿笨猫看见，他家里已变得整整齐齐，干干净净，一点垃圾也没有了。

天哪，转眼之间，就好像变了一个世界。

"这是怎么回事？"阿笨猫惊奇极了。

"因为我念了扫垃圾的咒语。"巴拉巴平静地说。

② 盘腿坐到了那堆垃圾上

阿笨猫想：如果我学会了这扫垃圾的咒语，以后不就可以省力了？

"巴拉巴，请你教教我这咒语吧！"阿笨猫急切地说。

"这个，这个，"巴拉巴显得很犹豫，"这咒语本来是保密的，教给你好像不太方便。在阿尔法星球，我是花了两百元的学费学来的，有版权的……"

阿笨猫还是急切地说："请教我，请教我。"

"要不这样吧，"巴拉巴说，"你就付我一百元吧，就算是我们共同学的。"

阿笨猫摸出一百元钱，交给巴拉巴："好吧，快教我吧！"

巴拉巴说："听好了，咒语是：哇呢吗呢叭呢——呸！你念一遍。"

"什么？没听清。是不是'挖泥挖泥挖泥——呸'？"

"错了。"

"你再说一遍。"

"好吧，请再交一百元。每教一次一百元。"

阿笨猫只能怪自己没有听清楚。他又交出去一百元。

"这回听好了，哇呢吗呢叭呢——吽！"

阿笨猫越是想认真听，越是听不清。"我怎么觉得还是'挖泥挖泥挖泥——吽'呢？"

没办法，只好再交出去一百元。

巴拉巴又念了一遍，这回总算比较善良，他念得很慢："哇呢吗呢叭呢——吽！"

阿笨猫跟着念了一遍："六呢七呢八呢——吽！"

"又错了。"

……直到阿笨猫付了六百元，才学会了这句咒语。

"哇呢吗呢叭呢——吽！"

自从阿笨猫有了这样的咒语，一直想表现一下，可就是没有机会。这天，阿笨猫在街上乱走，想找到一些垃圾来让他清扫。可是，城市里干干净净的。最后，他来到了一个公园。

公园里，有两个清洁女工正在扫地。她们正要把一大堆扫拢的垃圾往垃圾车上装。

阿笨猫对她们说："不用装了，我来帮你们处理掉吧。"

两位清洁女工还没有明白过来，阿笨猫已盘腿坐到了那堆垃圾上，垂头闭目，口里念念有词。

"哇呢吗呢叭呢——吽！"

"砰"的一声响，起了一阵雾，什么也看不见了。

等到了雾散尽了，那一大堆垃圾已经不见了。

"天哪，你是个神仙？"清洁女工惊叫起来。

阿笨猫露出了得意的神色，他觉得自己可能真是个神仙。

3 倒下来了一大堆垃圾

一个导游，带着一个外国旅行团，进了公园。

"这个公园里，有一口大钟，它已经有两千年的历史了……"导游带着这些外国人，向那口古老的大钟走去。

导游拿起了钟绳，说："只要一拉钟绳，这口大钟就会摇动，并且敲响。谁想来拉？"

一个外国老头子自告奋勇，上来拉绳子。

在钟绳的牵动下，大钟开始倾斜。所有的人都张大了嘴，等待着大钟发出两千多年前的声音。

可是，钟还没有敲响，从大钟的顶部，"哗"的一声，倒下来了一大堆垃圾，把那些张大嘴朝上看的外国人埋在了下面。

"天哪，这些垃圾是从哪里来的？"导游大叫起来。

两位清洁女工也傻了："这口大钟，我们每天都要擦一遍的，从来不会有垃圾的呀！"

她们仔细一看，这堆垃圾很眼熟，原来，就是被阿笨猫清除掉的那堆。

"这个阿笨猫骗我们！"

阿笨猫被两位清洁女工拉着耳朵，扯到了垃圾面前。

"这是怎么回事？"

阿笨猫说："这，这……我再帮你们清理掉吧……"

阿笨猫又盘腿坐在了垃圾上，嘴里念念有词。

"哇呢吗呢叭呢——呸！"

"砰"的一声之后，垃圾又奇迹般地消失了。

那些外国人见了这般奇迹，也忘了刚才的不愉快，一齐称赞阿笨猫："了不起，了不起！"

"小意思，小意思。"阿笨猫表示谦虚。

导游又带着外国人向别的景点走去。阿笨猫一直悄悄地跟在后面，生怕那堆垃圾又出现。

不过，一直到旅游团走出公园，那堆垃圾也没有出现。

"这回，垃圾是彻底清除掉了。"阿笨猫高兴地想着，放心地回家去了。

4 "这句咒语比较长。"

阿笨猫回到了他整洁无比的家。他舒服地躺到了床上，不禁感慨地说："啊，付出了六百元，使我的整个生活都改变了……"

忽然，阿笨猫好像闻到了一阵怪味。他嗅着气味一寻找，发现气味好像就是从枕头下传出来的。

一掀开枕头，阿笨猫差点晕倒：枕头下，有一堆垃圾！而且就是公园里的那堆垃圾！

阿笨猫只好盘腿坐在垃圾上，又念："哇呢吗呢叭呢——呸！"

一阵烟雾过后，那堆垃圾又不见了。床上又变得很干净。

"唉，我去洗个澡吧。"

阿笨猫走进了浴室。他惊奇地发现，那堆垃圾，就在浴缸里！

他再也没有信心用咒语清扫垃圾了，只好费力地亲手把它扫出去。

阿笨猫气呼呼地给巴拉巴打电话："喂，这是怎么回事？垃圾怎么会跑来跑去的，怎么也清除不掉？"

巴拉巴说："是这样的啦。这句咒语，就是根据扫垃圾的原理发明的嘛，扫垃圾不就是从地上扫到垃圾箱里吗？也就是说，让垃圾换个地方待着。至于垃圾会到哪个地方去，由于受这种咒语的等级限制，是无法确定，也无法控制的……"

"那这咒语还有什么意思？我要的是能把垃圾变到垃圾箱里去的咒语！"

"怎么没用，这句咒语用来应急是最好的了，你自己不会利用。"

"我要的是能彻底清除垃圾的咒语！"

"那你为什么不早说？这样的咒语也有啊，只是……"巴拉巴说。

"等等，等等，"阿笨猫插嘴说，"你是不是又要说，这种咒语比较贵？你少来这一套！"

"你也真是小看人，"巴拉巴很委屈地说，"谁说过咒语贵啦？价钱是一样的啦。一百元教一次就够了。"

"你能保证念一遍这种新的咒语，就能彻底清除垃圾？"

"当然，不留一点痕迹！"

"那你快来教我吧，我付你钱就是。"

"好吧。"巴拉巴爽快地答应了。

只一会儿，巴拉巴就出现在阿笨猫的家里了。

"怎么样？现在就开始学吗？"

"当然。"阿笨猫说着，递过去了一张一百元的钞票。

"好，那我开始了，你听好，咒语是这样的：吗呢嗡嚅哩嘿哈呜呼哼呗啊呜噜嘻咕嗬嗒啪哔叽……"

"等等，等等。"阿笨猫赶紧打断了他，"这咒语好像不太容易记得住啊，你是不是又要收我的钱了？"

"算了，你是老顾客，我就只收一次吧，保准教会你为止，不再另外收费了。"巴拉巴满脸真诚地说，"不过，教你的时候，别打断我，这咒语一定要整句地说，不能中断，这句咒语比较长。让我们继续？"

"好吧。"阿笨猫打起精神，准备一个字一个字牢牢地记住。

巴拉巴两腿盘着，半闭着眼睛，开始念起来。

"吗呢嗡嚅哩嘿哈呜呼哼呗啊呜噜嘻咕嗬嗒啪哔叽啦哧嚓咔嘶喏呃呼咚

哪哇……"

"等等，等等。"阿笨猫又打断了他。

"又怎么啦？跟你说不能打断，要整句学会的，不能念错一个字。"

"好像很难记，"阿笨猫小心地问，"这句咒语有多长啊？"

"还好啦，一共是三千五百六十七个字。让我们继续？"

"啊？"阿笨猫嘴巴张得老大，"哪有这么长的咒语？"

"这不算长，那句把纸头变成钱的咒语还要长，一共有七万多字，而且要一遍念到底。咒语嘛，当然不能断开，而且不能错，念错了，还不知道会发生什么事呢……"

巴拉巴滔滔不绝地说着，忽然发现阿笨猫已经闭上眼睛，倒在地上了，也不知是睡着了还是昏过去了。

"咦，阿笨猫你怎么了？好吧，既然我收了你的钱，你什么时候想学，任何时候都可以叫我。"

巴拉巴坐上他的小飞碟，走了。

魔 水

1 "想吃生炸鱼啊，能赊账吗？"

这是一个很冷的冬天，阿笨猫穿着破棉袄，在寒风里走着。

"唉，最近和巴拉巴做了几笔生意，赔惨了。除了我手上这一只戒指，什么值钱的东西也没有了……"

阿笨猫很饿。

前面飘过来一阵香味，阿笨猫努力捕捉着空中的香味，不让它逃掉一丝。

这香味，是从大名鼎鼎的百年老店味香楼里飘出来的。味香楼每天要在门前现做现卖生炸鱼。这生炸鱼选用不大不小的野生白条鱼，用温度不高的花生油，慢慢煎炸，再配上秘制的配料，吃起来真是香脆可口。这生炸鱼是味香楼的招牌菜。

阿笨猫一向最喜欢吃生炸鱼，以前他有钱的时候，几乎天天要去买。味香楼的店员都认识阿笨猫。

可是现在，阿笨猫只能闻着那香味过过瘾。

阿笨猫走到味香楼前，看着那一条条炸得金黄、又松又脆的生炸鱼，就放在盘子里，他实在是想吃啊。

"阿笨猫，今天怎么不买生炸鱼啦？"店里的小王问道。

"想吃生炸鱼啊，能赊账吗？"

"别逗了，谁不知道你阿笨猫开了家杂货中心，是个大款，会连买炸鱼的钱也没有？"

"是真的，"阿笨猫说，"我和巴拉巴做了一笔土豆生意，他发了，可是我却赔光了……"

看着阿笨猫神色黯然，不像是开玩笑的样子，小王的脸立刻就拉长了。

"去去去！我们这里从来不赊账的！"

阿笨猫只好走开去。他的心里充满了悲哀。

"把我当叫花子了，我落到了这个地步。"

阿笨猫只好离开味香楼。

② "这是阿尔法星球上的魔水……"

阿笨猫继续在路上走。

离开味香楼已经好长一段路了，阿笨猫又闻到了生炸鱼的香味。

他抬头一看，原来是巴拉巴出现在他面前。只见巴拉巴手里正拿着一条生炸鱼，在吃着呢。

见到阿笨猫，巴拉巴把最后半条鱼塞进嘴里。

他走上来，拍拍阿笨猫的肩膀，说："别难过，阿笨猫，刚才的一切我都看见了。你要吃生炸鱼，这不难。"

"什么意思？你给我钱？"

巴拉巴说："我给你钱，这不是看不起你吗？你跟我来，我带你去吃生炸鱼。"

"真的？"

阿笨猫跟着巴拉巴走。可是，走了几步，阿笨猫就说："不对啊，味香楼的方向在那边啊。"

"没错的。我带你去的地方不是味香楼。"

阿笨猫只好跟着巴拉巴走。

巴拉巴七绕八绕，一边走还一边警惕地往后面看，好像做贼似的。

最后，巴拉巴竟把阿笨猫带到了一个没人去的树林里。

"好啦，就在这里吧。"阿笨猫又警惕地朝四周看看。

"你什么意思啊，你不是带我吃生炸鱼吗？"阿笨猫很迷惑。

"对啊。不过你轻点声。生炸鱼一会儿就好。"

巴拉巴说着，蹲下来，抓起地上的黑泥巴，和上水，用手又搓又捏，做成鱼的样子。

"什么，这就是你要给我吃的生炸鱼？"阿笨猫觉得被戏弄了。

"嘘，别作声。你在旁边等着吧。"巴拉巴神秘地说，还是只管自己做。

过了一会儿，巴拉巴说："好，八条鱼够了吗？"

在巴拉巴的面前，已经摊着八条歪歪扭扭的泥巴做的鱼。

"够是够了，可是，这是泥巴啊……"

"够了就好。"巴拉巴从衣袋里摸出了一个瓶子，"瞧，这是阿尔法星球上的魔水，现在，我把它洒到了泥巴鱼上……"

巴拉巴在每一条泥鱼上，都洒上了几滴魔水。

"好了，再等五分钟。"

泥巴做成的鱼，眼看着在发生变化。它先是慢慢地变黄，变松，渐渐地还飘出了香味。

五分钟后，八条泥鱼，真的都变成了生炸鱼！

巴拉巴拿起了其中的一条，送到阿笨猫的嘴边："你闻闻，多香啊。尝尝吧。"

阿笨猫谨慎地咬了一小口。接着，又咬了一大口。再接着，把整条鱼全部丢进了嘴里。

"味道怎么样？"巴拉巴问道。

"太好了，与味香楼做的一模一样！"

"那是啦！"巴拉巴得意地说，"这就是杰出的阿尔法星球的魔水！"

阿笨猫继续吃着第二条生炸鱼。

巴拉巴又开始滔滔不绝起来："这魔水最绝的特点，就是它能把任何东西变成美味。比如把石头变成肉包子，把木棒变成甘蔗，只要样子有一点点像，然后，往那上面洒几滴魔水，等候五分钟就行了。不管是什么美味，只要你曾经吃到过的都成……"

③ "一定是有人想砸我的牌子！"

"巴拉巴，你这瓶魔水卖给我好不好？"

"你看你看，你这个人就是贪心，"巴拉巴说，"我好好地请你吃生炸鱼，你却要买我的魔水。我也喜欢吃生炸鱼啊，这瓶魔水总共可以做出三千条生炸鱼呢。不想卖，不想卖。咦，你手上那只戒指看起来挺不错，是足金的吗？"

"当然是啦，这是祖传的戒指，上面镶着的宝石更值钱呢。"

"我的魔水不卖的，不过，如果是交换的话……"巴拉巴说着，看看阿笨猫手上的戒指。

阿笨猫叫起来："这只戒指是我祖父传给我爸，我爸再传给我的，以后，我还要传给我儿子……"

"那就算了，"巴拉巴装出一副无所谓的样子，把魔水放进了口袋里，"我走了。"

"你等等，"阿笨猫一咬牙，把戒指摘了下来，"我就和你换了吧！"

当阿笨猫拿到了那瓶魔水后，巴拉巴说："你一定要注意，使用魔水，一定要在这个地方，而且，一定要秘密，不要被人发现。这瓶魔水，足够能做三千条生炸鱼，够你吃一年的……"

巴拉巴坐着他的小飞碟离去了。

从此以后，阿笨猫每天中午都会到这里来，先做成泥鱼，再洒上魔水，使它们变成生炸鱼。

然而，在味香楼里，总是发生非常奇怪的事情。

每天，总是在中午的时候，在店门口卖生炸鱼的小王，总会发现，盘子里好好的生炸鱼，忽然之间会有几条变成了黑黑的泥巴鱼。

"这是怎么一回事呢？"为了店里的声誉，小王总是偷偷把变成的泥鱼扔掉。可是这样一来，小王总得自己赔那几条鱼的钱。因为，店里让他卖的生炸鱼，数量是有登记的。好几天下来，他已经有点吃不消了。

这一天，小王又盯着盘子里那些刚刚炸好的生炸鱼。忽然，那些鱼中又有八条一下子变成了泥鱼。

小王吓坏了，赶紧捧着盘子跑到总经理那里去。

"老板，老板，这已经是第七次发生这样的事了！"

老板仔细看了看泥鱼，说："一定是有人想砸我的牌子！"

老板马上关了门，召集味香楼的全体员工开紧急会议。

"大家注意了，从今天起，留几个人在店里照常营业，别的人都给我出去调查，一定要查出搞破坏的人……"

④ "我就露一手吧。"

小王也是被派出去调查的人之一。他走在路上东张西望，想找到什么线索。

正走着，小王看见阿笨猫从树林里走出来。阿笨猫看起来精神很好、很满足的样子，当他从小王身边走过的时候，小王凭着他的职业敏感，闻到了阿笨猫身上有一股生炸鱼的味道。

"咦，他的身上怎么会有生炸鱼的味道呢？他已经好久没有到店里来买生炸鱼了……"小王开始产生了怀疑。

他在暗中盯上了阿笨猫。

阿笨猫同往常一样，怀里揣着魔水，往树林里走去。

小王悄悄盯上他。

阿笨猫在树林里用泥巴做鱼，再洒上魔水，五分钟后开始吃生炸鱼，这整个过程，全被小王看见了。

"原来是这样！"小王赶紧跑回去，向总经理报告。

总经理想了想，附在小王耳边，轻声说："现在，我们就这么办……"

……

第二天，阿笨猫正从小树林里出来。今天他吃了十条生炸鱼。

小王迎了上去："阿笨猫，我们老板请你去商量大事。"

阿笨猫跟着小王来到了味香楼，走进了总经理的办公室。

"阿笨猫，听说你比我还会做生炸鱼？"总经理问道。

"哪里哪里。"

"听说你能用泥巴做出生炸鱼来？"

"这个……我……不……"阿笨猫有点慌张起来。

老板站起来，向阿笨猫鞠了一个躬："请一定赐教！"

阿笨猫一时忘了巴拉巴的嘱咐，不禁得意起来："好吧。我就露一手吧。"

阿笨猫到了店门口，老板早已准备好了一大盆泥。

阿笨猫得意洋洋，抓起泥来，搓成一条条泥鱼，然后洒上魔水。

五分钟后，泥鱼变成了真正的生炸鱼。

阿笨猫说："这就是色香味俱佳的生炸鱼。"

⑤ 他的工作是洗盘子

阿笨猫正在得意的时候，有几个身材高大的店员站到了他的身后。

总经理忽然大叫道："把他抓起来！"

几个店员上来，把阿笨猫按住了。

总经理按着阿笨猫的头，让他看柜台上："你看看，你做的泥巴鱼在这儿呢！"

盘子里，正是阿笨猫刚才做的几条泥巴鱼。

"啊？"阿笨猫也呆了，他怎么也没有想到，原来他每天吃的生炸鱼是这么来的。

总经理生气地说："你哪里会做什么生炸鱼，全是用外星球的戏法，把我的鱼变成你的啦！哼，这么多天来，你吃了我七十二条生炸鱼啦，每条十元钱，一共是七百二十元钱，快给我钱！"

阿笨猫冒着冷汗说："最近做生意亏了，我没钱……"

总经理说："那你就在我的店里干活，用你的工资来赔偿我的损失！"

他抢过阿笨猫手里的魔水，扔在地上，摔了个粉碎。

从当天下午开始，阿笨猫就在味香楼里干活了。他的工作是洗盘子，整天在堆得山一样高的盘子堆里忙着。

满屋飘着生炸鱼的香味，但他再也吃不到了。

"怪不得，巴拉巴请我吃生炸鱼的时候，那么偷偷摸摸、鬼鬼祟祟的，原来是这样……"

卜拉拉飞蛾

① "黄金真是不值钱哪。"

最近，小店的生意不太好，阿笨猫有点心烦。

守着温暖的炉火，前街猫姑娘温柔的眼睛又浮现在他的眼前。阿笨猫想请她看场电影。尽管他已经从钱箱的缝里又找到了一枚硬币，可是离两张票的钱还差得远呢。

忽然，他的面前金光一闪，店里一下子明亮了许多。

"阿笨猫，你好！"

一个金光闪闪的巴拉巴出现在他的面前。他戴着手链、项链……天哪，就连每根手指上都戴了一个戒指！

"你怎么戴了这么多金饰品？"阿笨猫羡慕地问。

"很俗气是不是？这两天正想着把这些金饰品都丢掉呢。"巴拉巴做出一副挺不满意的样子。

"天哪！"阿笨猫不禁发出惋惜的叫声。

"这两天我就在想，黄金真是不值钱哪。"

"什么？"阿笨猫不明白。

"你说，要得到黄金就像捡垃圾一样方便，还有什么劲？"

"等一下等一下，你说什么？我怎么一点也听不明白。"阿笨猫说。

"噢，对了，"巴拉巴好像忽然想起来，"忘记告诉你了，自从我养了一种飞蛾，要黄金真是像捡垃圾一样方便，嗨，真没劲。"

巴拉巴摇摇头，从口袋里摸出了一只手掌大小的飞蛾。

飞蛾的翅膀已经有点皱了，像两块刚用过的抹布，显得有点恶心。它趴在那里，难得动一下，也不知是死是活。

"就是它，你看是不是很没劲？"巴拉巴说。

"……还是不明白。"阿笨猫小心翼翼地说。

"这是一种可以提炼黄金的飞蛾。"巴拉巴平淡地说，"金子可以从这种叫做卜拉拉的飞蛾上提炼。"

"真的？"阿笨猫很吃惊。

这种看上去令人恶心的飞蛾，居然能提炼出黄金？那要是有了这种飞蛾，不就是等于发财了吗？要是发财了，不就等于什么都有了吗？不就可以给猫姑娘买电影票了吗？不就可以请她吃饭了吗？

阿笨猫眼睛直直的，脑子里转了很多的念头。

② "把那些炼出来的废渣还给我。"

"看起来你好像不太相信，"巴拉巴说，"来来来，我做给你看吧。"

巴拉巴把阿笨猫拉到炉子前，把飞蛾丢进了炉火里。

阿笨猫死死盯着那只飞蛾。

飞蛾在火里烧，它的颜色开始有点灰，后来慢慢变亮，最后，变成了金黄色。

"好了，可以捞出来了。"巴拉巴用钳子把飞蛾钳了出来。

那飞蛾还是飞蛾的样子，但现在，它已经是黄灿灿的一块黄金了。

"看见了吧，这就是黄金。"

阿笨猫惊讶得说不出话来。

巴拉巴把金飞蛾倒过来，敲了一下，从金飞蛾的肚子里掉出一小块黑黑的东西。

"除了这一点点废渣，它就全是足金了。你看看。"

阿笨猫把金飞蛾接过来，看了又看。那飞蛾除了肚子里有点空，放在手上还是沉沉的。

他的心也沉沉的。

"你也想要金子吗？"巴拉巴问。

"当然想要啦！不瞒你说，我最近用钱的地方实在是……"

巴拉巴从右边的口袋里又摸出一张纸："你早说呀！"

那张纸上，密密麻麻布满了灰黑色的虫卵。

"这个，这个，"阿笨猫结结巴巴地问，"要多少钱？"

巴拉巴一挥手："嗨，朋友谈什么钱。送给你啦，不要钱！"

巴拉巴一边往他的飞碟里钻，一边说："晚上睡觉时，把卵焐在身上，小心别压着它们。等到它们孵出来了嘛，就像你们地球上的蚕一样。你要好好养它们。这些小蚕什么都要吃。接下来，长大，蜕皮，结茧，就跟你们地球上的飞蛾一样了。"

"是是是，是是是。"阿笨猫一个劲地头点。

飞碟已经快要起飞了。巴拉巴忽然又伸出头来，说："忘了说了，飞蛾炼成金之后，黄金当然全部是你的，不过，你得把那些炼出来的废渣还给我。"

"是是是，是是是。"

巴拉巴带着一身的金光走了。

阿笨猫把那张纸放在胸前，激动得说不出话来。

③卜拉拉飞蛾开始吐丝、结茧了

阿笨猫回到家里，第一件事是先把小店给关了，把小店里的货物都堆到了柴房，然后，把店堂整理成了一个蚕房。

他又去买来了很多的竹匾，一层一层放在架子上。

当天晚上，阿笨猫把那张虫卵贴放在胸口，双手作环抱之势，就像怀抱着一个伟大的理想。阿笨猫哪里睡得着，他就这样醒了一个晚上，设计了无数个等到飞蛾炼成金之后要执行的计划。

过了几天，这些小虫虫终于出世了！这些小虫虫其实并不像巴拉巴说的像蚕。蚕是没有毛毛的，而这些小虫虫，身上有毛毛，看着就令人起鸡皮疙瘩。

不过阿笨猫还是很高兴，因为，它们以后都是黄金哪。

"铃……"电话响了。

"怎么样，都孵出来了吗？"是巴拉巴打来的电话。

"是的，那些小毛毛虫都出来了……"

"呸！"电话里传来了巴拉巴愤怒的声音，"你怎么能叫它们毛毛虫？它们是伟大的卜拉拉飞蛾，将来要给你变成黄金的，这么不尊敬！"

"是的，是的，我一定改正。"阿笨猫说。

"你要好好待它们，好好养它们！"巴拉巴丢下一句话，就搁了电话。

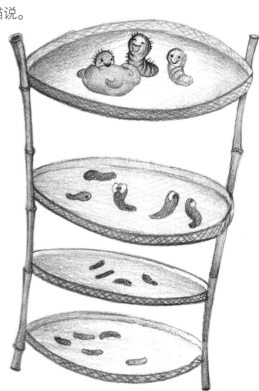

阿笨猫赶紧去看那些小毛毛虫，不，那些卜拉拉飞蛾。只见它们都在那里伸着头摇晃着，显然是想要吃东西。

阿笨猫放进了一些青菜叶。

"咕喳咕喳咕喳……"才一会儿，青菜叶就被它们吃光了。

这些小毛毛虫的胃口好像特别大，日里吃，夜里吃，一刻也不停。一筐青菜，一会儿就吃光了；两筐萝卜，半天就吃光了……

很快，问题出现了：这个月，给毛毛虫买饲料已经用了一百多元了。阿笨猫心疼啊。他很发愁：金子连个影儿也没有，钱倒已经垫进去不少了。

"咕喳咕喳咕喳，咕喳咕喳咕喳……"小毛毛虫们吃东西的声音响成一片，就像小猪在吃食。

阿笨猫突然有了一个好主意："我用猪食来喂它们吧！"

阿笨猫拎着一个铁桶，一家家饭店跑，去收集泔水。这些泔水总算不要钱。

这些泔水倒进竹匾里，小山样的一堆，那些卜拉拉飞蛾竟然也吃得很欢，一会儿就会把小山吃完。好像吃得很香。

阿笨猫不禁想："嘿嘿，这些小东西倒也真傻，好骗。"

就这样，阿笨猫每天拎着大铁桶去收集泔水。

小毛毛虫一天天长大、变胖，连毛毛也跟着长了很多，阿笨猫已经憔悴得不成样子了。

"唉，再这样下去，我连泔水也拎不动了……"

阿笨猫开始失去信心了。

他往竹匾里看了一眼，发现了一件奇怪的事：这些毛毛虫们，一个个定在那里，不再吃东西了！

阿笨猫拨一拨它们，它们稍稍动一下，又不动了。

"是不是病了？"阿笨猫很着急。

他给巴拉巴打了一个电话，问是怎么回事。

"哈哈哈，恭喜你呀，"电话里传来了巴拉巴的笑声，"它们要开始结茧了，你不用再喂它们了。等到从茧里出来，它们就是真正的卜拉拉飞蛾了。"

果然，到了下午，那些毛毛虫好像睡了一觉，又醒来了。它们在竹匾里爬来爬去，各自找到它们认为合适的地方，开始吐丝、结茧了。

"开始结茧了！开始结茧了！"就像历尽苦难的人，忽然大功告成，阿笨猫激动得快要落下泪来。

4 "起码应该让它们跳美味……"

经过了一个星期的等待，卜拉拉飞蛾开始破茧而出了。飞蛾在屋里到处飞舞。一边飞，一边拍出身上的粉。

阿笨猫很想清点一下到底有多少只飞蛾，结果当然是不可能的。因为它们在到处乱扑乱飞。不过，几千只飞蛾是有的。

阿笨猫只好算另一笔账：

"28筐萝卜，30筐青菜……外加我去背的67桶泔水，这个得算上铁桶的折旧费，我的辛苦费就免了……一共是234.56元。还好，成本还不算太高。很快就会有金子了，还是很值得的呀！"

阿笨猫很满意。

阿笨猫急急忙忙往屋里搬柴草，他准备一堆火，要开始炼金子了！

火点着了。

卜拉拉飞蛾好像接到了命令，不约而同地都往火里飞去。转眼间，一只不剩，所有的飞蛾全都飞进火堆里了。

飞进火里的卜拉拉飞蛾，扑了几下翅膀，就不动了，大概是被火烧死了。接着，它们开始在火中慢慢改变颜色：先是灰色，慢慢开始发亮。

"天哪，马上就要变成金黄色了，好兴奋哦。"阿笨猫眼睛瞪得大大的。

可是，飞蛾没有变成金黄色，而是慢慢地暗下去，又变成了铅灰色。

接下来，无论火怎么烧，还依旧是铅灰色，而且暗暗的，没有亮光。

直到火灭了，一大堆的飞蛾，还是暗灰色的。

抓一只在手里一掂，倒也蛮重的，除了从肚子里掉出一点废渣外，剩下的就是这个飞蛾模样的不知道是什么的东西了。

阿笨猫急得直冒汗。他给巴拉巴打电话："巴拉巴啊，出问题啦，你快点来啊！"

几分钟后，巴拉巴的飞碟赶到了。

"巴拉巴，你是不是又骗我了？"

"我怎么会骗你呢？发生什么事了？"

"你自己看吧！"阿笨猫往一大堆黑乎乎的东西一指。

巴拉巴捡起一个来，放在手里掂了掂，用牙齿咬了一下，又用放大镜看了看。

"根据我的判断，这是质量最差的铁块。没什么用。"巴拉巴说。

"可它就是用卜拉拉飞蛾炼出来的呀！"阿笨猫喊起来。

"是吗？我很遗憾。"巴拉巴若无其事地说，"我养的卜拉拉飞蛾，炼出来的都是黄金，你自己看到的。"

"我小店也关了，把小店改成了蚕房，还花了234.56元买饲料，还天天去拎泔水，受了多少苦和累，你又骗了我……"

阿笨猫越说越伤心。

"住口！"巴拉巴喊起来，"你刚才说什么？我骗你？我怎么会骗你？白送给你的是纯种的卜拉拉飞蛾！每一只都是能炼成黄金的飞蛾！你怎么敢这么胡说八道？"

阿笨猫反而被巴拉巴弄糊涂了。

"你刚才提到了什么泔水，"巴拉巴问，"我问你，你喂它们什么啦？"

"也就是一般的东西。开始是青菜、萝卜，后来，它们的胃口实在太大，我负担不起，就改成了喂泔水，我去饭店里讨来的。"

"什么？你喂它们猪饲料？"巴拉巴大吃一惊，"错了，错了！"

"是啊，它们也很爱吃啊。不对吗？"

巴拉巴很不满意地说："哎呀，你起码应该让它们吃美味，比如鱼、肉、白米饭什么

的。这样喂大的飞蛾，才能炼出金子来。"

"是这样……"阿笨猫又一次傻了，"那，怎么办呢？"

"哎，算了。你刚才说花了234.56元？我给你吧。"巴拉巴说，"不过，你要把飞蛾肚子里那些废渣给我。"

"真的？"阿笨猫这才觉得平衡了许多。

他好不容易在灰堆里清理出了那些废渣，交给了巴拉巴。巴拉巴丢给了阿笨猫250元钱："不用找啦。"

5 终于变成了金黄色

阿笨猫小心地说："这个，这个，我还想再养卜拉拉飞蛾。再给我些卵，行吗？这回一定要养成功……"

巴拉巴哼了一声，往阿笨猫手里拍了一张有飞蛾卵的纸。

"这回不要小气了。"巴拉巴说。

"是的是的，不经历风雨怎么见彩虹。"阿笨猫说。

像上回一样，小毛毛虫很快就又从卵里出来了。

这次阿笨猫可不敢亏待它们了。

他烧了清蒸鱼、红烧肉、大米饭……一次次地往匾里放。

他把烧菜的锅子舔了又舔，有点伤心地说："咳，这些好饭好菜，我自己都舍不得吃呢！谁能想到，毛毛虫会和我阿笨猫争吃的……"

"咕喳咕喳咕喳……"

听起来，虫子们就吃得很香。阿笨猫心里不免有些嫉妒。

在一片"咕喳咕喳"的声音里，阿笨猫又一次等来了毛毛虫们的结茧。

在毛毛虫结茧的空当，阿笨猫又算了一笔账：买鱼肉的钱一共是

1234.56元。

"开支好大呀。" 阿笨猫深深地叹息。

阿笨猫准备好了柴火，点起了火，一边烤着火一边等卜拉拉飞蛾破茧而出。

飞蛾一只只破茧而出，它们一出来，就像训练过似的，直接就往火堆里飞。

只见那些飞进火里的飞蛾，先是有点灰色，后来慢慢变亮，最后，变成了金黄色！

"哈哈，这回成了，它们变成了黄金啦！" 阿笨猫欢呼起来。

可是，奇怪的事情又发生了。

那些变成金黄色的飞蛾，还在变化着。它们正慢慢缩小，缩啊缩啊，最后缩小到芝麻这么小一粒。

每一只飞蛾都是如此。

等到火灭了，从灰堆里拣出来的黄金，全部加在一起，也只有一只飞蛾的翅膀那么多。

而那些废渣倒仍然是一大堆，一点不少。

就在这个时候，巴拉巴又出现了。

"怎么样？这回炼成黄金了吧？"

"炼是炼出来了，可是，怎么它会变小，才这么一点点？一共有几千只飞蛾呢。"

巴拉巴对着这么细细的黄金粒儿，像个质检员似的左看右看："我明白了，这主要是因为飞蛾的营养太差了。"

"营养太差？我天天喂它们吃大米饭，还有鱼和肉。"阿笨猫跳起来。

"就这些？"

"是啊，我自己都没吃这么好呢。"

"你就没有喂点鱼翅？没喂点海参？"

"没有啊。"

"也没喂点人参、燕窝？"

"没有啊。"

"我说呢，"巴拉巴摇摇头，"怪不得这些可怜的卜拉拉飞蛾都营养不良了。好了，再给你一张卵吧，好好养，舍不得孩子套不到狼嘛。"

巴拉巴又给了阿笨猫一张卵。

"这些废渣我拿走了。"巴拉巴把地上的废渣装进袋子里，开着飞碟离开了。

6 "这哪里是什么废渣……"

阿笨猫把那些芝麻粒似的黄金倒到金店里，一称，正好可以卖1235元。

"真巧，刚刚抵掉我花去喂虫子的饭钱，虽然白忙活了，总算没有亏本。"

阿笨猫自己安慰自己。

回到家里，他又投入了新的一轮奋斗。

这回，等虫子孵出来后，除了白米饭、鱼和肉，阿笨猫还常常给他们改善伙食。

"吃吧吃吧，这是清蒸甲鱼。"

"吃吧吃吧，这是白灼基围虾。"

"吃吧吃吧，这是银耳燕窝。"

虫子们以"咕喳咕喳咕喳"的声音来表示它们很高兴。

阿笨猫已经孤注一掷了，他变卖了家具和古董，去买来各种昂贵的食物。最后，甚至开始喂虫子们吃龟鳖丸、朵尔胶囊和脑白金。

　　当毛毛虫们长大，开始结茧的时候，阿笨猫一算账，买菜和补品总共花去了50001元。

　　阿笨猫已经麻木了，他已经不知道，这50001元钱到底是多还是少了。

　　就像上次一样，阿笨猫在房间里点起了火堆。

　　飞蛾一只只陆续出来了，它们一只接一只飞进了火堆里。

　　飞进火里的飞蛾，先是有点灰色，后来慢慢变亮，最后，变成了金黄色。

　　阿笨猫盯着看，那些变成金黄色的飞蛾，这回没有变小，一切就像第一次看巴拉巴手里那只飞蛾变成黄金一样。

　　"我终于成功了……"

　　阿笨猫觉得全身一松，眼冒金星，就要倒下去了。

　　这时候，巴拉巴又出现了。

　　"怎么样？这回成功了吧？"

　　"是的……"阿笨猫只觉得全身无力。

　　火灭了，巴拉巴帮着阿笨猫把火堆里的黄金都收集起来，交到阿笨猫手里："快拿到金店里去换成钱呀。"

　　"是的。"阿笨猫接过黄金，往门外走去，脚步有点摇晃。

　　"快去快回，"巴拉巴说，"我在这里等你的好消息。"

　　阿笨猫到了金店，店员一称黄金，那电子秤立刻将换算过的金额显示出来了。上面显示的是：50005.00元。

　　在回来的路上，阿笨猫一直在嘀嘀咕咕："终于赚钱了，终于赚钱了，我赚了4元钱……"

　　回到家，巴拉巴还等在那里。

　　"赚钱了吧？我没有骗你吧？"

　　"是的，成本是50001元，营业额是50005元，利润是4元……"

"这个……是少了点，下次如果喂他们野山参和冬虫夏草的话，产量还会提高……"

"噢……"阿笨猫盯着那一堆火烬发呆。

"我要走了，"巴拉巴说，"这些废渣我带走了？"

"带走吧……"

巴拉巴把那些飞蛾肚子里的废渣一个不落地收进袋里，顺手又给了阿笨猫一张飞蛾卵，抬脚走了。

"但愿你下次赚得更多。"

飞碟飞到空中，直往阿尔法星球飞去。

在机舱中，巴拉巴打开装着废渣的口袋，爱惜地看着里面的废渣："这哪里是什么废渣，这些从飞蛾肚子里炼出来的贵金属，在我们的星球上，这点量，足可以卖十万元。"

他往下一看，他已经升到很高的高空，阿笨猫和他的房子，都已经显得那么渺小了。

巴拉巴自言自语地说："唉，我们星球上的人，谁也不愿意花这么大的本钱来养这种卜拉拉飞蛾，幸亏我找到了阿笨猫。不知道第四批卜拉拉飞蛾，他有没有开始养……"

空气兔

① 美丽的空气兔

"呜呜，呜呜……"

有一天，阿笨猫正在树林里散步，忽然听到了一阵轻轻的哭声。这种哭声很奇怪，不像是地球人在哭。

阿笨猫顺着哭声找去。

原来是巴拉巴在哭。

"巴拉巴，怎么是你？我可从来没有见你哭过啊。"阿笨猫好奇地问。

"是啊，"巴拉巴一边哭，一边诉说着，"我一向对生活充满信心，可是，现在我绝望了……"

"到底是什么事啊？"

"说了你也不会相信的，还是让我静悄悄地因为绝望而死去吧。"

"别，别，告诉我吧，或许我可以帮你分担呢。"阿笨猫没想到，他也有安慰别人的一天。

"是这么回事，"巴拉巴表情沉重地开始说起来，"我辛辛苦苦，投入了大量的金钱，在宇宙中开发了一个星球，它的名字叫摩里亚星球，希望能够卖一个好价钱，没想到，现在宇宙星球开发业很不景气，我开发的那个星球找不到承租者，我要彻底破产了……"

"这个，这个，"阿笨猫说，"我好像不太听得懂。"

"唉，我还是打个比方吧：就像我是一个房地产开发商，花了大本钱造了很多房子，但是，房子一间也卖不出去。你看，这是图纸，多么好的一个星球啊……"

巴拉巴拿出一大卷图纸来，那上面的图形和符号都奇奇怪怪的，阿笨猫一点也看不懂。

"这确实很麻烦。"阿笨猫很同情，但又不知道说什么好。

"我死不足惜，只可怜它们也要随我冤枉地死去了，呜呜……"

"什么？"阿笨猫又听不懂了，"它们是谁？"

巴拉巴抬手往他身边的一个箱子一指："我的宝贝，可爱的空气兔。"

阿笨猫这才注意到，在巴拉巴身边，放着一只上面有一些透气孔的大纸板箱，里面还果真有点动静。

巴拉巴把盖子打开，里面蜷缩着两只兔子。

巴拉巴抱起一只来。这是一只长着雪白的长毛的兔子，与平常的兔子并没有特别大的区别，只是毛更柔软，性格更温顺，模样更可爱。

巴拉巴照例开始他的滔滔不绝：

"它叫空气兔。它的名字说明了跟空气有关。那就是，它不吃任何食物，只要呼吸空气就能维持生命。它是阿尔法星球培育出来的新品种，具有许多优良的特点，比如，它对主人依赖，脾气温顺，体温比人类高出两度，让摸它的人手感总是很温暖。最最大的特点是，它一点也不脏，它的毛永远不会沾上任何脏东西，一辈子不用清洗。所以，它适合陪伴喜欢它的人睡觉……"

"这样的兔子多可爱啊，你把它们交给我好了。"阿笨猫说。

"都交给你？你说话算数？愿意把它们都领养了？"

"没问题，把它们都给我好了。"阿笨猫一拍胸脯。

"这我就放心了，请跟我来。"巴拉巴领着阿笨猫转到石头后面，只见那里清一色的全是带透气孔的纸板箱。

"一共是一百只，全部给你了。"巴拉巴说。

"这……"阿笨猫没想到巴拉巴所指的"它们"，不是他面前的两只，而是这么多。

巴拉巴显得十分激动地一把握住阿笨猫的手，深情地说："你可要信守诺言啊，千万别把它们卖了，好多人出价一百元一只，我都不肯卖呢。我是相信你才托付给你的。这些可爱的兔子有你收养了，我就是因破产而绝望，因绝望再死去，也可以瞑目了……"

② "空气兔拉屎了！"

虽然费了不少劲，而且搬运费和运输费是由阿笨猫自己出的，但现在终于把这些装着可爱的空气兔的纸板箱搬到了店里。好在这种空气兔不用喂食，而且它们也很安静，这么多箱子叠放在那里，一点点也没有吵闹的感觉。

但阿笨猫总觉得很奇怪：这么多活的动物，他要来干什么呢？

"好多人出价一百元一只，我都不肯卖呢。"巴拉巴的这句话，忽然从阿笨猫的脑子里跳出来。

"我何不把它们卖了呢？"阿笨猫为自己找到了一个出卖它们的理由：对它们最大的爱就是给予它们爱。我把它们卖了，买它们的人都会给予它们爱，这总比叠放在我的店堂里好。

阿笨猫很快在店门口竖了一块牌子，上面写着：

> 好消息：新到外星空气兔，只吃空气就会长大！
>
> 每只成本价98元。
>
> 数量不多，欲购从速！

阿笨猫没有想到，牌子一放出去，来买兔子的人很多，很快，兔子都卖完了。

最后阿笨猫给自己留下了一只。

"我心里有许多爱可以给你，你也可以给我取暖。"阿笨猫抱着最后一只空气兔说。

温顺的空气兔，抱在怀里暖暖的，还发出一阵淡淡的香味。

阿笨猫抱着空气兔，睡在被窝里。

阿笨猫开始做梦了：他高兴地哼着歌，在路上走着。阳光是那么好，空气是那么的清新。忽然，他脚下一滑，掉进了一个水坑里。他在水坑里挣扎，再仔细一看，这不是一个水坑，而是一个粪坑。他好不容易爬出来了，但是，他身上却发出一阵阵难以忍受的臭气……

阿笨猫醒过来了，可以说，他是被臭气熏醒的。

奇怪的是，他醒了，还是闻到那股臭气。他往被子里一看，被子里有花生米大小的一粒粪。

"天哪，空气兔拉屎了！"

粪粒虽然很小，但是，却发出一种恶臭。

阿笨猫非常吃惊："真没想到，看起来这么可爱的兔子，却会拉这么臭的屎……"

3 "它们繁殖得真快！"

"砰砰砰，砰砰砰！"

清早，还不到开店门的时候，外面就有人在敲门了。

阿笨猫打开门，看见门外站着许多的人，每个人手里都抱着一只空气兔。

"这兔子拉的屎太臭了，我们要退货！"

"是啊，臭气在家里久久不会散去。"

"连邻居也受不了了。"

人们纷纷地嚷着。

"不行，"阿笨猫说，"卖出去的宠物是不能退货的，谁知道你们是不是让它们传染了什么病再来退回给我。”

无论人们如何生气，阿笨猫咬紧牙关，就是不让退货。

人们只好把可爱的空气兔扔到野外去。

像大家一样，阿笨猫把自己那只空气兔也扔到了野外。

家里的被褥全部洗了，再在家里喷上几瓶空气清新剂，那种恶臭终于消失了。人们又回到了从前正常的生活。

可是，过了半个月之后，那种恶臭又出现了。

这回，恶臭并不是从哪一户人家里传出来的，而是像雾一般弥漫在空气中，又像风一般飘来飘去的。

“天哪，会不会是有一只空气兔又偷偷跑到城里来了？”阿笨猫有点担心地向野外走去，想去找找那些空气兔。

阿笨猫来到原来人们扔空气兔的那片荒草地，不禁叫出声来。

“天哪！怎么会是这样？”

就像下了一场大雪，世界变成一片雪白一样，在阿笨猫的眼前，全是雪白的空气兔。这些兔子布满了整片荒草地，甚至不留一点空隙，大约有几万之多。它们一只只都安静地蜷伏在那里，十分温顺、可爱的样子，但是，从那里发出的恶臭，差不多要把阿笨猫熏昏过去了。

“它们繁殖得真快！”阿笨猫感到事情有点不妙了。

由于这种品种奇特的兔子拉的屎，造

成了空气污染，影响了人们的正常生活，人们强烈要求追查肇事者。

这事件要追查起来，当然一点困难也没有：阿笨猫被传到法庭上去了。

法官在宣读判决书。

"本庭宣判如下：阿笨猫以营业为目的，未经有关部门审批，未经检疫部门检疫，私自非法销售外星动物，已造成严重后果。本法庭判决如下：责令阿笨猫立即消除兔患，并承担一切费用……"

4 "它叫克拉狗，十分凶猛……"

阿笨猫赶快给巴拉巴打电话。

电话响了好半天没人接。

"天哪，巴拉巴可别已经因为绝望而死了吧？"

阿笨猫继续拨着，终于在第五次拨的时候，巴拉巴接电话了。

"喂……什么事啊……"巴拉巴的声音懒洋洋的。

"巴拉巴吗，是我阿笨猫啊。不得了啦，事情搞大了……"

"什么事搞得比我没人租星球还大啊……"巴拉巴依然懒洋洋的。

"空气兔繁殖得太快了，法院判我消除兔患，我怎么办啊？"

"你看，叫你不要卖掉它们，你偏偏要卖。"

"我，我……你怎么知道我卖掉了空气兔？"

"这不明摆着的吗？这些空气兔有一个特性，装在那个盒子里，它们是不会繁殖的，而脱离了盒子，它们才会以很快的速度繁殖。你什么也骗不过我的。"巴拉巴的口气听起来冷冷的。

"对不起，是我不对。现在怎么办呢？"

"唉……"对方沉默了半天，终于又说话了，"算我倒霉，摊上你这么个朋友，我就来帮你吧。"

"谢谢，谢谢。"阿笨猫一个劲儿道谢。

巴拉巴的飞碟停在了阿笨猫的杂货中心门口。他从飞碟上下来的时候，

怀里抱着一只长毛宠物狗，这狗看起来又温柔又可爱。

"这是我给你带来的一种专吃空气兔的狗，它叫克拉狗，十分凶猛，攻击性极强，吃起兔子来毫不留情，而且胃口奇大，要不了几天，就能消除兔患，放心吧。不过这回不能白送给你了，它的价格是八千元。"

没有二话，阿笨猫只能乖乖地交了钱。

阿笨猫接过了克拉狗。

"你把它放到地里，看看它会怎么样。"巴拉巴说。

阿笨猫把它轻轻放到地上。

没想到，这看起来温柔可爱的小狗一到了地上，立刻两只耳朵竖了起来，连浑身的毛也跟着竖了起来，张开嘴，伸着舌头，流着涎，喘着粗气，十分警觉地在地上闻起来。

克拉狗好像闻到了什么气息，立刻沿着气味向原来装空气兔的盒子扑去，一边吠着，一边乱扑乱咬那些空盒子。

"这狗露出凶相，真令人害怕。"阿笨猫心里想。

等到那狗没有在盒子里找到空气兔，立刻又闻着地上的气味，奔出门去了。

"阿笨猫，快跟它去看热闹吧。"巴拉巴说。

阿笨猫赶紧跟了出去。

克拉狗一边在地上闻着，一边小跑着。它已经找到了空气兔的踪迹。

阿笨猫跟着克拉狗一直跑到了野外的那片荒草地，所有的空气兔都集中在这里。

克拉狗看到空气兔，一下子变得兴奋之极，嗖地蹿了出去，一下子就扑倒了一只空气兔。

只见克拉狗只几口就把一只空气兔吃掉了。

接着，克拉狗又扑向第二只。

非常奇怪的是，被扑倒的空气兔也不挣扎，别的空气兔看着也不逃跑，全没有动物的本能反应。

克拉狗很快又吃完了第二只空气兔。它又机械地扑向第三只。

就这样，克拉狗一下子就吃掉了十几只空气兔，居然也没有看到那克拉狗的肚子有明显的增大。

"哈哈，果真不赖。"阿笨猫满意地想。

⑤ "克拉狗是单性繁殖的……"

阿笨猫每天都要到那片荒草地去看看。

在克拉狗的努力下，只看到空气兔一天天在减少。

终于有一天，阿笨猫看到，整片荒草地上，一只空气兔也没有了。只有克拉狗待在空空的草地上发呆。

"哈哈，成功啦。一只空气兔也没有啦！"阿笨猫非常高兴。

阿笨猫抱起克拉狗，高兴地回家了。

回到家，克拉狗不断地用它的长舌头舔阿笨猫的脸，好像要给他洗脸似的。开头，阿笨猫还以为是对他亲热。后来才意识到，那狗可能是饿了。

阿笨猫给它盛了一碗饭，克拉狗嗅了嗅，离开了。

拌了一点肉汤进去，克拉狗又来嗅了嗅，又离开了。

克拉狗在地上嗅来嗅去，跑进厨房里去了。

案板上有一大块肉，克拉狗跳上去，只几口就把它吃了。

"天哪，这是我刚买的肉，有两斤多呢。"阿笨猫叫起来，这原是他准备吃一个星期的。

克拉狗继续在地上嗅来嗅去，那样子很明显：它还没有吃饱。

阿笨猫想："天哪，这么大的胃口，我如何养得起啊。反正空气兔已经没有了，我就不喂它，让它自生自灭吧。"

克拉狗在地上嗅着，往外走出去了。

"这样也好，省得我喂它了。"阿笨猫想。

克拉狗走了之后，第二天并没有回来，第三天也没回来。

"问题终于解决了。"阿笨猫终于过上了安宁的日子。

半个月后的一天早晨，阿笨猫还在睡觉，突然被一阵声音吵醒了。他听到屋门上有沙沙的声音，像是有什么东西在抓门。

阿笨猫打开门一看，吓了一大跳：门口黑压压地站满了克拉狗！

见门开了，克拉狗全拥了进来。

家里站满了，还有很多克拉狗站在门外。它们看起来都很乖，但却在地上嗅来嗅去，好像很饿的样子。

阿笨猫赶紧给巴拉巴打电话。

"巴拉巴，不好啦，出现了很多的克拉狗啊！"

"你看你看，你这个人就是事多。没想到你是一个忘恩负义的人。"巴拉巴显得很生气。

"什么，我忘恩负义？什么意思啊？这跟克拉狗一下子多出来那么多有什么关系？"阿笨猫不明白。

"克拉狗帮你消灭了所有的空气兔，你为什么不再喂它吃的了？"

"它好像胃口很大啊，它一天要吃多少肉？"

"大概四五十斤吧，最好是牛肉。"

"天哪，我怎么养得起啊？"阿笨猫叫起来，"我自己都没肉吃呢。"

"它帮你解决了大问题，你却忘恩负义，不再喂它。哼！"

"可是，可是，"阿笨猫越来越不明白，"如果我喂它了，它就不会变出这么多来了？"

"那当然，你这种对任何事都怀有侥幸心理的人我最讨厌，"巴拉巴气

愤地说，"它吃饱了，就不会繁殖，它饿了，就会速度很快地繁殖！"

"这，这，它只有一只啊，怎么繁殖啊？"阿笨猫觉得自己掉进怪圈里了。

"你以为是你们地球的狗啊。这种克拉狗是单性繁殖的。你知道你们地球的细菌吧？它们是单细胞分裂，一变二，二变四，四变八，这种克拉狗繁殖的速度也与细菌一样……"

阿笨猫只觉得天旋地转。

⑥ "它叫摩里亚星球，这是图纸……"

阿笨猫着急了："那，现在怎么办？"

"有办法的，你别急，"巴拉巴说，"它们大约有多少数量？"

阿笨猫里外看了一下，说："大约有一百多只吧。"

"好的，你别急，我马上过来，告诉你解决的办法。"巴拉巴说完就把电话挂了。

那些克拉狗一只只还在地上嗅来嗅去，一副很饥饿的样子。

阿笨猫抬头望出去，黑压压的一大片，数量明显又多了一些。就在这会儿，它们大概已经又翻了一倍，好像有二百多只了。

等得很心焦的阿笨猫，看看天上，巴拉巴的飞碟总是没有出现。

阿笨猫赶紧再打他的手机。手机里响起了电脑小姐的声音："对不起，你所呼叫的用户已关机。"

"真是急死人了！"

阿笨猫看见，那些克拉狗又翻了一倍，现在大约有五百多只了。

又过了一会儿，克拉狗变成了一千多只。

终于响起了"嗡嗡嗡"的声音，巴拉巴的飞碟总算出现了。

"巴拉巴啊，你终于来了。怎么这么久啊？"阿笨猫像是见到了救星。

"对不起，对不起，飞碟有个地方漏气了，路上补了一下。"

阿笨猫心里虽然恨，但又拿巴拉巴没办法："哼，什么漏气，他的飞碟又不是自行车。谎话都不会说。"

巴拉巴抬头望了望外面的克拉狗，说："你也真不会控制，克拉狗的数量确实太多了。"

"快告诉我办法呀！"

"好。"巴拉巴慢吞吞地说，"那就是控制它们的数量，赶紧用牛肉喂饱它们，快去买牛肉啊。我估计，一天大约有五卡车的牛肉就够了……"

"天哪，"阿笨猫差点昏倒，"你要告诉我的就是这个办法？"

"是啊，这是最好的办法了，只要喂饱它们，它们就不再繁殖了。难道还有别的办法？"巴拉巴一脸的无辜。

"这，这可怎么办呢？"阿笨猫急得在原地转圈。

"对不起，我还有点急事，我要走了。"巴拉巴匆忙地钻进了飞碟里。

由于可以预见的原因，阿笨猫被一张传票传到了法院里。

法官在宣读判决书。

"本庭宣判如下：阿笨猫未经有关部门审批，未经检疫部门检疫，擅自收养外星动物克拉狗，明知克拉狗需要喂养而故意不履行喂养义务，致使克拉狗因饥饿而大量繁殖。据统计，克拉狗目前已有百万只之多，且还在继续繁殖中，造成社会正常秩序严重被破坏。本法庭判决如下：责令阿笨猫立即消除狗患，并承担一切费用……"

阿笨猫全身软软的，是被法警扶着走出法庭的。

在法庭外，空地上停着巴拉巴的小飞碟。

巴拉巴笑吟吟地迎上来，拍着阿笨猫的肩膀说："兄弟，别泄气，我来

帮你消除狗患。"

"你？你有办法？"阿笨猫强打起精神，"你来买牛肉给克拉狗吃？"

"嗨，我哪有钱买牛肉啊。再说，给克拉狗吃牛肉也不是最终的解决办法。我有一个彻底解决的办法。"

巴拉巴卖关子，闭上嘴。

"快说。"阿笨猫说，"只要能解决这些克拉狗，我什么条件都答应。"

"这办法就是，把它们扔了，扔到地球以外的地方去。"

"扔到地球以外的地方去？"

"对呀，"巴拉巴得意地说，"我最近开发了一个星球，正在出租呢，你可以把它租下来，存放这些克拉狗，你永远不必管它们了。租金嘛，我给你优惠，一天只收你一万元。它叫摩里亚星球，这是图纸……"

巴拉巴说着，拿出一大卷图纸来，那上面的图形和符号都奇奇怪怪的，阿笨猫一点也看不懂。

阿笨猫无力地点点头，然后，就昏过去了。

爆钱机

① 一瓶XO换一个爆钱机

阿笨猫趴在柜台上，很无聊地看着那台小电视机。中午的时候，没什么顾客来买东西。

"连打一瓶酱油的人都没有……"阿笨猫叹息着。

这时候，"嗡嗡嗡"一阵轻响，巴拉巴的小飞碟又停在店外了。

巴拉巴精神抖擞地走出店里来，把手一挥："阿笨猫，来一瓶超级人头马XO！"

阿笨猫以为自己听错了："你说什么？一瓶XO？"

"对啊，一瓶超级人头马XO！我口渴了。"

"巴拉巴，你走错地方了吧？我这里可是杂货中心，怎么可能卖这么贵重的商品呢？"

"没有你不能去进货啊，这么大的利润也不要？去进货吧，我等你。"巴拉巴说着，找了一张凳子坐了下来。

"好好好，你等等，我马上去进货，你顺便帮我照看一下小店。"

巴拉巴一挥手："去吧去吧。"

阿笨猫赶紧跑到批发中心，进了一瓶最好的超级人头马XO。

回到店里，阿笨猫把酒交给巴拉巴。巴拉巴接过来，就把瓶盖打开了。

"人头马一开，好事自然来。你也来一杯？"

"不不不，这么贵的酒，我不敢喝。"阿笨猫连连摇手。

"多少钱？"巴拉巴一边摸口袋一边问。

"一万零八百元。"

巴拉巴摸出皮夹来看了一看，一拍脑袋，说："哎哟，你看我真糊涂，今天出来忘了带钱了。我的皮夹里只有一张一百元的。这次给我赊账怎么样？"

"这个，这个……"阿笨猫犹豫地说，"真没想到你也有穷的时候啊！"

"什么话？"巴拉巴一听就跳起来，"我马上就给你钱，真是的！"

巴拉巴从拎着的口袋里，掏出了一个机器。这个机器看上去像是一个微型的爆米花机，中间有个圆鼓鼓的炉腔。

"来来来，把那个接线板借我用用。"

巴拉巴把机器放到柜台上，把炉子的门打开，把那张一百元的钱放进了炉腔里，然后，捏着那个小小的手柄，开始转动那个微型爆米花机。

转了一会儿，只听见轻轻地响了一声："砰"。那个微型爆米花机开了，从那个圆圆的炉腔里，爆出来很多的一百元。

阿笨猫简直不相信自己的眼睛，这个机器居然能爆出钱来。

巴拉巴从一大堆飞得到处都是的钱里，数出了一百零八张，交到阿笨猫手里："给你，一万零八百，以后别瞧不起人！"

巴拉巴把那多余的几张百元大钞收进皮夹里，自言自语地说："这几张就留着做种了……"

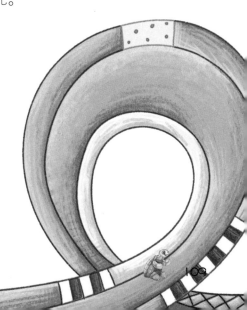

阿笨猫把眼瞪得大大的，指着那个机器问："做种？这个……是什么机器？"

"爆钱机呀，我们阿尔法星球上新发明的。"巴拉巴一边收拾，一边回答。看起来，巴拉巴准备把机器收拾好放回口袋里去了。

"这个，这个……"阿笨猫抓着巴拉巴的手欲言又止。

"什么？"

"这个爆……爆钱机卖不卖？"

"卖是不卖的。"巴拉巴说，"我也是从阿尔法星球上刚买来的，我常常带着它，以备钱不够用的时候可以爆点钱出来应急。我们阿尔法星球上有一句特别红的广告词，是这么说的，'爆钱机，爆钱机，你的随身银行！'怎么样，用这句话来形容爆钱机，一点不过分吧？"

"是是是，可是，可是……"阿笨猫还是拉住巴拉巴不放。

"你别拉住我的手啊，先让我把爆钱机放好行不行？"

"我，我……还是想买它。"

"这么想要啊？"巴拉巴显出一副痛快的样子，"那我就原价转让给你吧。"

"真的？"阿笨猫大喜过望，"多少钱？"

"一万零八百元。"

阿笨猫把刚才巴拉巴买酒的钱，又塞回到他手里："给你钱，正好。这爆钱机我买了！哈哈！"

② 面积增加、数量增加和重量增加

巴拉巴从杂货中心出来，手里拿着那瓶XO，有点醉了。

等巴拉巴一走，阿笨猫赶紧拿出一张一百元的钱，塞进了爆钱机的炉腔里。然后，照着巴拉巴刚才的方法，捏住那个小把手，开始转动它。

一边转动它，阿笨猫一边嘴里念念有词："我要发财了，我要发财了。"

转了一会儿，只听见轻轻地响了一声："砰"。

爆钱机的炉门打开了，从里面蹦出来厚厚的一叠钱。

阿笨猫赶紧拿过来要数，却发现它们是折叠起来的。把它展开以后，发现它是一张大钱。这张钱的图案与一百元的一模一样，只是它像报纸那么大。

"天哪，哪有这么大的钱？这不成假币了？"

阿笨猫拿着这张大钱，不知怎么办才好。

这时候，机器忽然发出声音："本机器已经完成数量不变、面积增加的程序。谢谢使用。"

"什么？"阿笨猫吃了一惊，"数量不变、面积增加？还有这一说？让我看看。"

阿笨猫赶紧看机器，发现那上面有三个按钮。三个按钮上分别写着：面积增加、数量增加、重量增加。

爆钱机上，那个写着"面积增加"的按钮是按下了的。

阿笨猫嘀嘀咕咕地对自己说："啊，原来是我不小心按下了面积增加了。是啊，机器说得没错啊，数量没有变，一张还是一张，但是，面积增加了。天哪，爆钱机难道不会想一想，这么大的一张钱，我怎么能出去用呢？"

阿笨猫好不甘心。他又掏出一张一百元的，塞进了机器的炉腔里。

"这回当然要选面积不变和数量增加了。"

按下了按钮，阿笨猫又开始转动那手柄。

转了一会儿，又听见轻轻地响了一声："砰"。

爆钱机的炉门打开了，从里面蹦出来好几张纸币。阿笨猫赶紧拿过来一看，是两张五角的纸币。

"什么，一百元变成了两张五角的？越变越少了？"阿笨猫越来越吃惊了。

这时候，机器的声音又响了："本机器已完成面积不变、数量增加的程序。谢谢使用。"

阿笨猫嘀嘀咕咕地对自己说："看来，这面积不变，是指两张五角钱的面积加起来，正好等于一张一百元的面积。这数量增加，是指从一张一百元的纸币，变成了两张五角的纸币……"

阿笨猫还是不甘心，又掏出一张百元大钞来，把它塞了炉腔里。

"这回，我同时按那个面积增加和数量增加！"

按下了按钮，阿笨猫又开始转动那手柄。

转了一会儿，又听见轻轻地响了一声："砰"。

爆钱机的炉门打开了，从里面蹦出来好几张百元大钞，图案是原来的图案，大小也与原来的一样，但是，一张变成了十张。

阿笨猫一把抓过钱来，欢呼起来："成功啦，成……"

阿笨猫忽然住了口，因为他感觉手里的钱的手感不对。再仔细一看，这十张钱全是透明的。为什么会透明呢？因为它们非常非常的薄。

"看来，这回机器好像也没错。这一张变成了十张，面积是增加了，一张变成了十张，数量也增加了。可是，虽然都增加了，它只相当于把一张钱片成了十张，所以它们都薄得透明了……"阿笨猫又开始嘀嘀咕咕。

忽然，阿笨猫跳起来："我明白了，我终于明白了！这全是因为我一直没有按那个重量增加的按钮！"

③ "你给爆钱机做了备份吗？"

"唉，我真傻，浪费了这么多钱，"阿笨猫拍着自己的脑袋，"这回，一定没错了！"

他的手里，拿着一叠崭新的一百元，一共是十张。

"我要把这一千元钱，变成很多很多，把所有的损失补回来！"

他把钱塞进了炉腔里。然后，十分郑重地把"数量增加"、"面积增加"和"重量增加"三个按钮同时按下了。

阿笨猫又开始转动那手柄。

"多转几次，再多转几次，里面的钱多，一下子不容易熟……"阿笨猫边转手柄边告诫自己。

花了比刚才要多一点的时间，只见那爆钱机的炉腔越来越鼓，越来越大，好像要撑破了。

终于，爆钱机发出一声巨响。

"砰！"

与其说是炉门被打开了，还不如说是炉门被炸开了。

从炉腔里，爆出来的全是白花花的钱，满满一地都是钱，堆得高高的。

不过，它们全是一角的硬币。

这时候，机器的声音又响了："本机器已完成重量增加、数量增加、面积增加的程序。谢谢使用。"

阿笨猫把这些硬币扫拢来，然后，仔细地数了一下，一共是三百四十五元。

"就是说，我又亏了六百五十五元……"阿笨猫呆在那里，脑子里空空的。

过了好半天，他才回过神来。

"可是，巴拉巴怎么能爆出那么多钱来呢？"

他拨通了巴拉巴的电话。

"巴拉巴，爆钱机怎么把钱越爆越少了？"

"不会吧，可能是你的使用方法不对吧。"

"不可能啊，那三个按钮，按一个，按两个，按三个，我都试过了。"

"奇怪，"电话那头，巴拉巴好像也在苦苦思索，"我使用的时候，这爆钱机是很灵的啊，从来不出错的啊。我们阿尔法星球上有一句特别红的广告词，是这么说的，'爆钱机，爆钱机，你的随身银行！'……"

"你扯什么呀！"阿笨猫恼火了。

"对了，对了，"巴拉巴好像忽然想起来了什么，"你给爆钱机做了备份吗？"

阿笨猫傻了："什么备份？我怎么听不懂？"

"哎呀，不给爆钱机做一个备份怎么行呢？"巴拉巴着急地说，"快把爆钱机拿到手上，我在电话里讲给你听。"

阿笨猫赶紧去把爆钱机拿在手上。

"拿好了，巴拉巴，你说吧。"

"在爆钱机靠右边的下面，有没有看到一个小抽屉？"

"看到了。"

"它就是爆钱机的备份器。你把它拉出来，看看里面有什么。"

阿笨猫拉开了这个抽屉："里面是空的，什么也没有。"

"什么也没有？难道你没有往里面放钱？"巴拉巴口气好像是大吃了一惊。

"没有啊，往里面放钱干什么？"阿笨猫更奇怪了。

"哈哈，答案终于找到了，听我慢慢跟你说。"巴拉巴在电话那头哈哈大笑，然后，滔滔不绝地说起来：

"你不往这个备份器里放钱，叫爆钱机怎么爆出钱来呢？我们阿尔法星球上有一句特别红的广告词，是这么说的，'爆钱机，爆钱机，你的随身银行！'这银行两个字，你听不懂吗？你得先往银行里存钱，然后才可以从银行里取钱啊。爆钱机起到的就是银行的作用，先存进去，然后，随时可以取，而且，取钱是通过爆钱的方式进行，整个过程充满了趣味性和娱乐性，它让原来那种枯燥无味的存钱取钱的过程更富有人情味和幽默感……"

"天哪，原来这就叫爆钱机？"阿笨猫仿佛遭了当头一棒，"我还以为它可以把一张钱变成很多张呢……"

"呸！"电话那头，巴拉巴狠狠地骂起来，"你这个人怎么这么贪婪、无耻？钱是要靠劳动去赚来的，亏你想得出这种歪门邪道！"

"啪！"巴拉巴把电话挂了。

阿笨猫傻了半天回不过神来。他吃了这么大的亏，居然还被巴拉巴抢白了一顿。

阿笨猫又拨通了巴拉巴的电话。

"巴拉巴，我还有一个问题要问你，就算你说的都是对的，那爆钱机也不该少我的钱哪？我少了的这些钱到哪儿去了？"

"骑自行车还要打气，还要加润滑油呢。"巴拉巴没好气地说，"你少了的那些钱，是机器本身的正常消耗！"

"啪！"巴拉巴又把电话挂了。

开胃药

1 "请喝一杯本店的特饮……"

这一天中午，阿笨猫觉得非常饿。他早饭就没有吃，到现在已经饿得有点眼发花了。他就出去买午饭吃。

一路上，大大小小的饭店一家连着一家，家家都有诱人的特色菜。

"这餐饮业的竞争是越来越激烈了，天天都听说有倒闭的餐馆。看来，我选择开杂货店的决策还是具有前瞻性的……"

阿笨猫一路这么想着，哪家饭店也不去，径直走到了一个包子摊前，买了两个肉包子。

"还是肉包子最经济实惠。"

他张开大口，刚刚要把第一个包子送进嘴里，忽然，横向里伸过来一只手，一巴掌打掉了他手里的包子。那包子在地上滚了几下，掉进了臭水沟里。

阿笨猫的怒气立刻就上来了："哪个混蛋？找死啊？"

抬头一看，面前站着的竟是巴拉巴。

"你在这里吃肉包子，太不够意思了吧？"巴拉巴说。

"什……什么意思？"阿笨猫决定不了是发火好还是露出笑脸好。

"你不到我那里去吃饭，却在这里买肉包子吃，太不给我面子了吧？"

"到你那里吃？什么意思？"

"咦？你还不知道吗？"巴拉巴惊讶地说，"我开的饭店啊。我在附近开了一家饭店，你为什么不到我的店里去吃？怕我宰你吗？"

阿笨猫表示确实不知道他开了一家饭店。于是，巴拉巴就把阿笨猫手里另一只肉包子也一巴掌打掉，推着他就往前走。

"走走走，我的饭店就在前面，今天我请客！"

他们来到了一家中等的饭店前停下，那饭店的招牌上写着："巴拉巴美食城"。这饭店的外观设计就像是服装店似的，大门两边开着两个大大展示橱窗，里面摆满了仿真菜，看上去一盘盘倒是颜色鲜艳，令人垂涎。

阿笨猫心里暗暗想，在餐馆都一家家倒闭的今天，巴拉巴还要开出饭店来，思路好像不太对啊。

"就是这里了。快请进快请进。"巴拉巴把阿笨猫推进了店里。立刻有小姐把阿笨猫带到一个位子上坐下。

巴拉巴吩咐小姐："这是我最好的生意伙伴，今天我要请他吃饭。把店里最好的菜都上来！"

巴拉巴拿出一本厚厚的菜谱，说："这些都是本店的特色菜，'春风得意马蹄疾'没吃过吧？'举头望明月'没吃过吧？'百万雄师过大江'也没吃过吧？'春风吹又生'也没有吃过吧？"

阿笨猫都摇摇头。

"这些特色菜，包你样样满意。"巴拉巴得意地说。

一会儿，一个个色香味俱全的菜，都端到桌子上来了。

"巴拉巴，我不客气了。"阿笨猫说着，举起筷子就要吃。他实在是饿极了。

"慢着。"巴拉巴一把按住了阿笨猫，一招手把小姐叫过来了，"把特饮送来。在吃饭前，请喝一杯本店的特饮，这是本店的热情推荐。"

小姐把一杯颜色漂亮的特饮端上来了。

"谢谢，谢谢。"阿笨猫接过来，大口大口地喝起来。这特饮，味道就像一般的可乐，也没有什么特别。

阿笨猫放下杯子，拿起筷子，准备吃菜。

"吃菜，吃菜。"巴拉巴在旁边热情地让菜。

"这个，这个……"阿笨猫拿着筷子，不动。

"怎么啦？这些都是本店的特色菜啊。趁热吃啊。"巴拉巴问。

"这个……刚才我还很饿，现在忽然没胃口了……"阿笨猫自己也感到奇怪。

"那就尝一口吧？"巴拉巴还是热情地说。

"真的一口也不想吃……"阿笨猫把筷子放下了，他不但不想吃，还感到有点恶心。

"快把这些菜拿下去，别让我看见。快！"阿笨猫捂着嘴大叫，好像马上要呕出来了。

小姐只好把所有的菜都撤了。

② "看来你患了一种罕见的厌食症……"

阿笨猫的样子看起来很痛苦。

"阿笨猫，你的脸色很不好啊。"巴拉巴说，"你是不是刚才还很饿的？"

阿笨猫点点头。

"是不是等到菜一端上来，又忽然不想吃了？"

阿笨猫又点点头。

"而且看到这些菜还有点恶心？"

阿笨猫又是点点头。

"有点麻烦了，"巴拉巴很深沉地说，"看来你患了一种罕见的厌食症，这种厌食症初发时，就是你现在这种症状。到了中期，你看到食物就会发抖、流汗，吃东西已经变成一件痛苦的事情。再发展下去，到了后期，你是打死也不肯吃一点东西了。最后……"

巴拉巴停下不说了。

"最后怎么样？"

"最后你将变得极度的虚弱，骨瘦如柴，死于极度营养不良！"

"我要死了？这么快我就要死了？"阿笨猫目光呆滞地说，"而且是饿死了……"

"别害怕，别害怕。"巴拉巴拍拍阿笨猫的肩，"我会救你的。"

巴拉巴拿出了一颗药丸："我们阿尔法星球上有一种特效药——开胃灵，专门治你这种病，保证立即见效。"

"又是很贵的吧？"

"不不不，治病救人，不要钱的。我怎么能从救命的药上来赚黑心钱呢？"

"吃了试试看吧……"阿笨猫把药吞了下去。

这一粒叫做开胃灵的药丸吃下去，阿笨猫明显感到身体里正在发生着一种能够感觉到的变化。他先是觉得胃里一阵发烫，接着，口中生津，神清气爽。

"啊，我饿了，我饿了！"阿笨猫大叫起来。

巴拉巴吩咐小姐："把刚才撤了的菜再热一下端上来，要快！"

一会儿，热好的菜就端上来了。

阿笨猫指着一盘菜问："这个是青菜炒荸荠吧？"

"什么呀，这是本店特色菜，'春风得意马蹄疾'！一点想象力都没有。"巴拉巴有点不满意。

阿笨猫又指着另一盘菜问："这个是肉饼蒸蛋吧？"

"错。这是本店特色菜，叫做'举头望明月'。你看这肉饼多像彩云，这蛋黄多像明月。"巴拉巴说。

阿笨猫又指着另一盘菜问："那么，这个是紫菜虾皮汤，总没错了吧？我在家里也常常做的。"

"什么呀，你真是没有品味呀。"巴拉巴不屑地说，"这就是本店大名鼎鼎看家菜，'百万雄师过大江'啊！看来你这个人真是有点俗啊。"

阿笨猫被巴拉巴说得一愣一愣的，接着，小姐又送来了一盘菜。

阿笨猫说："这回我知道了，这盘韭菜炒鸡蛋一定叫做'春风吹又生'吧？"

"对，你这么快就有长进了。"巴拉巴欣赏地拍拍阿笨猫的肩膀。

尽管这些菜都那么普通，但是，阿笨猫现在只觉得饿极了，大口大口地吃起来。

很快，阿笨猫如同风卷残云一般，很快把桌上的菜都吃完了。

"怎么样，味道不错吧？"巴拉巴问。

"好极了，好极了，谢谢你！"阿笨猫摸摸鼓起来的肚子。

当阿笨猫从巴拉巴美食城走出来的时候，不禁从心底里感叹："这辈子，真的从来没有这么畅快地吃过，也从来没有尝到这么好吃的味道！他这是用什么方法做的？这么普通的菜，怎么就会这么好吃？"

3 "因为菜里加了本店秘制的佐料……"

阿笨猫心满意足地回到家，美美地睡了一觉。

第二天早上，他醒来了。刚一睁开眼睛，他就觉得肚子饿。

"咕噜噜……"阿笨猫肚子在叫。

他赶紧起床，像往常一样，直奔他每天都去的点心摊——他的早饭每次都是一个烧饼、一根油条和一个鸡蛋。

点心摊上正在炸着油条，炉子里烤着烧饼，一切都像往常一样。可是，阿笨猫一看到这些，忽然感到一阵反胃。

"今天油条的气味怎么那么难闻？烧饼的颜色怎么那么难看？还有那鸡蛋，怪怪的，怎么看也像鹅卵石……"

阿笨猫一点胃口也没有了。

他接着又看看别的点心摊，有的在卖馄饨，有的在卖烧卖，还有的在卖小笼包子。

平时，这些东西都是阿笨猫爱吃的。可是，在今天看来，它们都是那么的令人讨厌，不但气味难闻，而且模样难看。

"咕噜噜……"

阿笨猫的肚子又在叫了，他肚子很饿，但眼前的这些东西，他一点也不想吃。

一路走过去，不知不觉，他已经来到了巴拉巴美食城，看到了饭店独特的外观——大门两边那两个大大的展示橱窗。橱窗里，摆满了各种颜色鲜艳的仿真菜。

阿笨猫一下子来了胃口——他就想吃这些菜。

阿笨猫赶紧走进店里。只见里面已经坐满了人，好不容易才找到一个空位。他不禁感叹："天哪，哪家饭店会有这么好的生意，清早就已经坐满了人。可见这里的菜确实味道好。"

阿笨猫随便点了一个"春风吹又生"，又点了一个"举头望明月"。

"快快快，给我上菜！我饿死啦！"他大叫。

菜很快就送来了。阿笨猫风卷残云一般，三下两下，就把饭和菜统统吃完了。

刚吃完，巴拉巴就笑吟吟地走过来了。

"味道怎么样啊？"

"好极了，好极了！结账吧。"阿笨猫连声说。

巴拉巴递上来了账单："请过目。"

阿笨猫接过来一看，大吃一惊："什么，五百元？"

"是的。"巴拉巴很冷静，躬一躬腰，"请付账。"

"我才吃了一个韭菜炒蛋和一个肉饼蒸蛋啊，哪会要这么多钱？"

"你错了。"巴拉巴说，"韭菜炒蛋和肉饼蒸蛋只要五元钱一份，但是，你要的是'春风吹又生'和'举头望明月'，所以要贵一点，因为前者菜里没加特殊原料，而后者菜里加了本店的秘制佐料，它的美味会使你终生难忘。一共五百元，请付账。"

巴拉巴的双眼直直地盯着阿笨猫看，看得他有点害怕起来。

"请付账。"巴拉巴又说了一遍，那声音阴森森的。

阿笨猫只好委屈地付了钱。

阿笨猫一边出门，一边恨恨地说："什么宰客黑店，我下次再也不来了！"

望着阿笨猫出去的背影，巴拉巴冷笑着说："你下次还会再来的，我刚才不是说了吗，因为菜里加了本店秘制的佐料，它的美味会使你终生难忘。所以，才不怕你不来呢！"

巴拉巴满意地望了望门口，顾客正一批批地拥进来呢。

④ "爬也要爬到那里去……"

又是一天早晨，阿笨猫从床上起来就感到肚子饿得厉害。

到了点心摊，还是像那天一样，看到什么烧饼、油条的，他就感到恶心。但是，一想到巴拉巴美食城里的"春风吹又生"、"举头望明月"之类的菜，就馋涎欲滴。

"但我坚决不去巴拉巴的黑店了！"阿笨猫暗暗发誓。

尽管这些烧饼、油条令阿笨猫恶心，但他还是买了一份回家。

"就是当作药，我也要把它们吃下去。誓死不上巴拉巴的饭店！"

回到家，阿笨猫闭上眼睛，艰难地一口一口往下咽烧饼和油条。

"真是难吃啊……"阿笨猫觉得非常痛苦。

好不容易把一个烧饼和一根油条吃完了，他身子一动，忽然一阵恶心上来。

"哇——"

阿笨猫呕吐了。

"哼，那我就什么也不吃了！"

阿笨猫把店门关了，躺到床上，就这么干耗着。

他饿得头昏眼花，有点迷迷糊糊。恍惚之中，脑海里浮现出来的，全是巴拉巴美食城橱窗里的仿真菜。

日子一天天被挨过去了，阿笨猫已经在床上粒米不进五天了。

"今天是第五天了，我已快要饿死了吧？"

他已经饿得一点力气也没有了，但是，只要想到任何食物，他还是感到恶心，只有一想到巴拉巴美食城里的那些菜，他才会那么想吃。

再饿下去，当然只有死路一条。

求生的欲望，使阿笨猫挣扎着爬起来。

刚起来，他就一个跟头跌到床下去了。他已经虚弱得站也站不起来了，只能在地上慢慢地爬了。

"我还是得到巴拉巴美食城去吃饭，爬也要爬到那里去……"

阿笨猫一步一步艰难地向门外爬去。

让阿笨猫大吃一惊的是，在路上，还有一些人跟他一样，四肢无力地在地上爬。

阿笨猫问一个在爬的人："你这是到哪里去？"

爬的人回答："到巴拉巴美食城去吃饭呀，因为吃不起，别的东西又不想吃，只好饿着，看看不行了，只好再到那里去吃饭……"

阿笨猫说："你也这样？我还以为就我一个人这样呢。"

"哪里啊，我也一样。"从阿笨猫的身后，传来了一个声音。

又有一个人在地上爬着。

"我们都是一样的，在巴拉巴美食城里，吃了一顿白食，喝了他一杯特饮，吃了他一粒开胃灵，就变成这样了……"

又一个人加入了爬行的队伍。

他们爬到巴拉巴美食城的时候，发现原来在街上开着的那些饭店都关门了，只有巴拉巴美食城还开着。有几个在巴拉巴美食城周围开饭店的老板，也在爬行的队伍里。

"天哪，我的所有存款，只够在巴拉巴的店里吃一个月了……"阿笨猫想。

巴拉巴在饭店门口笑吟吟地迎接大家：

"大家好，欢迎光临本店。本店由于业务需要，将在这条街上增开二十家分店，另外，五千家国际连锁店也正在酝酿中。到时候，大家会享受到更好的服务和品尝到更美味的菜肴。更为重要的是，本店又发明了一种新的秘制佐料，食用加了这种佐料的菜肴之后，会使人产生一种奇特的遗传效应，这种效应会使你们的下一代从一出生就不需要吃奶，可以直接食用本店的菜肴。到时候，我会请大家品尝。请放心，品尝是免费的……"

宇宙水

① 清澈无杂质的宇宙水

"冬冬冬！"

早上，阿笨猫还没有起床，就有人来敲门了。

来的是邻居老太太。

"收水费啦。你家这个月的水费是三元五角。咦？你家用水怎么这么少啊？"

"那当然了，我有秘方的。哈哈。"

阿笨猫开心地付了水费，拎着一个吊桶往后院走去。

在后院的角落上，有一口井，这是阿笨猫祖上传下来的。从小到大，阿笨猫饮用的都是这口井里的水。

"因为有了这口井，所以我的水费才这么少。哈哈。"

阿笨猫从井里吊起一桶水来，因为有点渴，他就着水桶，就喝起来了。

响起了一阵"嗡嗡嗡"的轻微响声，抬头一看，巴拉巴的小飞碟就在阿笨猫的院子里降落了。

"咦，阿笨猫，你在干什么？"从飞碟上下来的巴拉巴惊奇地问。

"喝水呀。"

"是吗？这水能喝吗？让我看看。"巴拉巴说着，走了过来，手里拿了一个微型的显微镜。

巴拉巴取了一滴水样，放在显微镜的玻璃片上，然后开始观察。

"哇！天哪！哎哟！哎呀！"

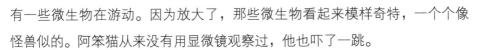

巴拉巴一边看，一边在那里大呼小叫，一惊一乍的。

"怎么啦？"阿笨猫觉得很奇怪。

"你自己来看，太可怕了！"巴拉巴让出显微镜让阿笨猫看。

阿笨猫从镜头里看进去，只见里面有一些微生物在游动。因为放大了，那些微生物看起来模样奇特，一个个像怪兽似的。阿笨猫从来没有用显微镜观察过，他也吓了一跳。

"这就是你刚才取的水样？"阿笨猫担心地问。

"就是啊，这样的水你也敢喝？不想活了？"巴拉巴叫起来。

"可是，可是……"阿笨猫很迷惑，"我家祖祖辈辈都是喝的这水啊。"

"喝了这种水，这些小虫子都会到你的血里去，把你整个儿慢慢蛀空的。危险呀，你！"巴拉巴一副恨铁不成钢的样子。

"那怎么办呢？"阿笨猫的脸色有点发白。

巴拉巴从口袋里掏出了一个塑料瓶子："你看，我只喝我自己带来的'纯净宇宙水'，地球上的水我从来不喝。"

"那，你也给我买点纯净宇宙水吧。"

"没问题，没问题，一会儿我就给你带几桶来。"巴拉巴说着，钻进小飞碟，飞走了。

过了一会儿，巴拉巴回来了，他从机舱里搬下来了五大桶宇宙纯净水，瓶子的模样和大小，与地球上的桶装水差不多。

"先给你送来了五桶，每桶二十元，一共一百元。怎么样？清澈无杂质的宇宙水，价格不贵吧？我可是义务帮你送水的，没有收星际运输费。"

"是的，谢谢，谢谢。"

阿笨猫倒了一点出来，喝了一口，真的是清冽甘甜，口感好极了。

"下次我来的时候，再给你带水来。"巴拉巴告辞了。

② 含108种矿物质的多元素宇宙水

这些天里，阿笨猫喝的全是宇宙纯净水。

很快，四个桶已经空了，最后那桶也只剩半桶了。

"水快喝完了，也不知巴拉巴什么时候才来。"

正这么想着，巴拉巴走进店里来了。

"哈，我正想你呢，"阿笨猫说，"你就来了。"

"是的，最近生意好吗？我最近好忙，一直在很多星球之间做生意。地球上的天气倒热起来了……"

巴拉巴喋喋不休地讲着话，好像把宇宙纯净水的事给忘记了。

阿笨猫好不容易找到了一个插话的机会，赶紧问："那个，宇宙纯净水，你帮我带来了吗？我的水快喝完了……"

"什么？宇宙纯净水？"巴拉巴做出一副在苦苦回忆的样子，接着，又做出恍然大悟的样子，"啊，对了，想起来了，从前是有一种水叫做宇宙纯净水。怎么啦？你要养鱼吗？"

"不是啦，是我自己喝。"

巴拉巴一挥手，说："嗨，我们星球上早就不喝这种水了，这种水现在只用来养鱼，人是不喝的。"

"什么？"阿笨猫不明白。

"宇宙纯净水因为太纯净，缺少矿物质，大量喝的话，会得软骨病。什么叫大量喝呢？就是一个人喝下去的总量超过了四桶半……"

"啊？"阿笨猫呆住了。

巴拉巴从身上又摸出一个瓶子来，模样和大小与上次的一样，只是标签不一样。

"阿尔法星球卫生组织现在推荐的是这种水，它是加有各种人体必需的108种矿物质的'多元素宇宙水'。"

　　"那，那，"阿笨猫小心地问，"我是不是该改喝这种'多元素宇宙水'了？"

　　"那是啦。除了养鱼，谁敢喝宇宙纯净水？唉，我就帮你跑一趟吧，给你去买点来。放心好了，我不会收你星际运输费的。"

　　巴拉巴钻进飞碟，飞走了。

　　像上次一样，只过了一会儿，巴拉巴的飞碟又降落了。巴拉巴从机舱里搬出了五大桶水，水桶的模样和大小与上次的一模一样，但标签是不同的。

　　"给你，五桶多元素宇宙水。每桶一百元，一共是五百元。"

"这么贵啊？"阿笨猫叫起来。

"不贵啊，上次是纯净水，这次是多元素水，完全不同的。"

阿笨猫只好付了钱。

巴拉巴临走时，又留下一句话："下次我来，再给你带水来。"

③ "阿尔法星球卫生组织最新研究证实……"

　　阿笨猫坐在家里，看着那杯清澈的白开水发呆。

　　"真是看不出，这么清的水里，居然加进了108种矿物质……"他嘀咕着。

　　虽然阿笨猫为了少喝水，尽量不让自己出汗，走路也是慢慢的，但四桶

水还是喝完了，第五桶水，也只剩下半桶了。

"唉，巴拉巴来的话，又得跟他买水了……"一百元一桶的水，令他好心痛。

正发着呆，忽然，门被"砰砰砰"地敲响了。

"开门，快开门，是我巴拉巴呀。"

阿笨猫把门打开，巴拉巴就冲了进来。

"阿笨猫，我带来一个好消息和一个坏消息，你先听哪个？"

"先听坏消息吧。"

"好。阿尔法星球卫生组织最新研究证实：长喝富含各种矿物质的宇宙水，将来易得老年痴呆症！因此，那种多元素宇宙水，再也不用喝了。"

"好像这不是坏消息啊。一百元一桶呢。"阿笨猫想。

"别泄气。再告诉你一个好消息：阿尔法星球又生产出了第48代饮用水——益智宇宙水。这是我们喝水爱好者的喜事啊。我现在正在喝它。知道你肯定需要，所以，不用你说，我就给你带来了五桶。你不用谢我，没关系的。"

巴拉巴说着，搬出了五桶水来。水桶的模样和大小与上次的一模一样，但标签又不同了。

"多，多少钱一桶啊？"阿笨猫小心地问。

"不贵，不贵，只要五百元一桶，五桶一共是两千五百元。"

"哇，这么贵啊？不要了，买不起。"

"不要了？"巴拉巴做出很惊奇的样子，"噢，没关系的。只是……"

"只是什么？"

"阿尔法星球卫生组织研究还证实：大量喝多元素宇宙水的话，会得老年痴呆症。什么叫大量喝呢？就是一个人喝下去的总量超过了四桶半。进一步的研究还证实：益智水中已加入了特殊成分，这种成分可以消除多元素宇宙水带来的影响，而把老年痴呆症拒之门外……"

巴拉巴说完，就要往机舱里搬回那五桶水。

阿笨猫："那，那……还是把水留下吧。"

巴拉巴把水留下，钻进飞碟飞走了。

阿笨猫看着那五桶水，暗暗发誓："这么贵的水，我还得再省着喝，怎么着也得喝上半年十个月的，我一定尽量不出汗……"

4 "什么虫子？这叫微生物！"

出乎阿笨猫的意料，这益智水才喝了半天，也就是第二天的一大早，巴拉巴又敲响了阿笨猫的门。

巴拉巴冲进门来，一边喘气一边说："我又带来一个好消息！我们喝水爱好者的福音啊！阿尔法星球卫生组织最新的研究成果又出来了！新的研究成果是：任何人工合成的饮用水，都不如自然界的水。所以，阿尔法卫生组织又开发出了最好的饮用水，也就是第49代'自然宇宙水'！"

"这样的好消息让我担心。"阿笨猫想。

"像上次一样，我知道你肯定需要的，就给你带了五桶来。等一下。"说着，巴拉巴跑出去，到飞碟里去搬水了。

一会儿，巴拉巴说把五桶水都搬进来了。水桶的模样和大小与上次的一模一样，但标签又有了新的变化。

"多少钱一桶啊？"

"只比第48代水稍高一点，每桶八百元。五桶一共是四千元。"

"那我昨天刚买的水怎么办呢？"

"第48代水你还敢喝啊？"

"可那是我昨天才买的啊，能不能退呢？"

"退？我们星球上好像没有人退的。要退也可以的，每桶回收价是两元五角，如果你要退的话，我帮你运回去？钱我可以预先给你的。"

"这，这……"阿笨猫左也不是，右也不是，"那就算了吧，辛苦你总

不好意思……"

　　阿笨猫一边把钱交出去，一边回过头来看看这新到的五桶水，觉得有点奇怪。

　　"这水，看起来怎么有点浑啊？"

　　巴拉巴重重地拍了阿笨猫一下，差点把他拍翻。

　　"好眼力，阿笨猫，你好眼力啊！"巴拉巴竖着大拇指说，"居然让你看到实质了。这自然水区别于所有别的水的地方，就是它浑！"

　　"可是，可是，浑是饮用水的优点吗？"阿笨猫糊涂了。

　　"因为它自然啊。"巴拉巴又开始滔滔不绝起来，"你看，蓝天上不是也飘着几朵白云吗？月亮上不是也有斑点吗？人的脸上，鼻子还高出来呢。更不用说，面包上有时候会有几粒芝麻……"

　　"说些什么呀……"阿笨猫越弄越糊涂了。

　　"所以，综上所述，科学已经证明，这自然宇宙水是最好的饮用水！"巴拉巴得意地说。

　　阿笨猫还是很迟疑，他问巴拉巴："你上次那个显微镜让我用用。"

　　"显微镜？什么显微镜？好吧……"巴拉巴很不情愿地拿出了显微镜。

　　阿笨猫取了一滴水样，用显微镜来观察。

　　从镜头里看进去，只见里面有一些微生物在游动。因为放大了，那些微生物看起来模样奇特，一个个像怪兽似的——这与阿笨猫第一次用显微镜看井水的情况一样。

　　"巴拉巴，你看，水里怎么有这么多小虫子啊？"阿笨猫问。

"真是没文化，什么虫子？这叫微生物！微生物含有丰富的蛋白质。再说了，这么小的微生物都能在这种水里活下去，你喝这种水，不是更好了？好啦，我不跟你多说了，我要走了。下次需要水的时候，给我打个电话。"

巴拉巴像逃跑一样溜出去了。

阿笨猫神色黯然地抱着第48代水的水桶，准备去后院里把这种不能喝的水倒掉。

到了后院里，阿笨猫看到他的那口井边，有一大摊的水迹。

"咦？这井是我独家的，这两天，我没有用过这井啊。会有谁来用我的井呢？人家怎么进得来呢，难道会飞啊。那么，谁要来用我的水井呢？偷井水吗？再说了，我的井水里，有那么多的微生物，怎么能喝呢？谁会要我这井里的不能喝的水呢？"

阿笨猫觉得自己的脑子不够使，怎么也转不过这些弯来了。

挖耳朵

1 巴拉巴一声叹息："唉，你竟然还在用这种东西挖耳朵……"

冬日的阳光下，阿笨猫躺在躺椅上，晒着太阳。暖暖的太阳让阿笨猫又舒服又慵懒。他用一个小耳挖子，慢慢地挖着耳朵。

"啊，真舒服啊。"阿笨猫想。

这时候，天上又出现了巴拉巴的飞碟。

"巴拉巴这家伙怎么又来了？他来了准没好事，这回我不理他了。"阿笨猫这样想着。

巴拉巴的飞碟降临在阿笨猫的躺椅旁边。

"阿笨猫，干什么哪？"巴拉巴没话找话。

"没干什么，晒晒太阳，挖耳朵。"

"是吗？"巴拉巴还是能接上话，"你别说，挖耳朵这事儿我很懂的。"

阿笨猫扑哧一声笑出来："哈哈，挖耳朵你也懂啊，真有本事！"

"我知道你在嘲笑我。你还别笑，先给我看看你挖耳朵的工具。"巴拉巴大有荣辱不惊的感觉。

"还有什么工具？耳挖子呀，没见过吗？"阿笨猫把耳挖子递过去。

巴拉巴接过来，放在阳光下左看右看，然后，一声叹息："唉，你竟然还在用这种东西挖耳朵……看来，地球文明还就是落后……唉……"

阿笨猫被巴拉巴这种沉重的叹气弄糊涂了："一个耳挖子，至于和地球文明联得上吗？"

"以小见大啊。"巴拉巴说，"在我们星球上，好几年前就用全自动挖耳机了。"

"全自动挖耳机？太夸张了吧？"阿笨猫笑了起来。

巴拉巴在包里面翻来翻去，翻出了一个小东西。

"你看，就是这个。这就是全自动挖耳机。"

"这不就是随身听上的耳机吗？"阿笨猫说。

"再仔细看看。"巴拉巴说。

阿笨猫再仔细一看，在貌似耳机的小东西的前端，还有一个尖尖的小钻头，就像一个缩小了的电钻。

"你可以试试。"巴拉巴说，"把它塞进耳朵里，打开开关就可以了。"

阿笨猫决定试试。他把小东西塞进耳朵里，打开了开关。只见那东西开始轻轻颤动着，好像在高速运转。

忽然，只听阿笨猫大叫起来："哎哟哇！痛死我啦，救命啊！"

从阿笨猫的耳朵里，好像还有细细的火星飞溅出来。

阿笨猫拔出了这个小东西，那个小钻头上，变得红红的。"天哪，我的耳朵被它挖出血了！"

巴拉巴赶紧奔过来，忙不迭地说："对不起，对不起！我忘了，我们的耳朵比地球人的耳朵要硬十倍，它本来是按我们阿尔法星球人设计的……"

"真讨厌，看来你们阿尔法星球的文明也不怎么样！"阿笨猫十分生气。

② "再试试这种软性洗耳器吧……"

"我可不同意你这种说法，"巴拉巴说，他又从包里翻出了另一个小东西，"你再试试这种软性洗耳器吧。在我们阿尔法星球上，一般是女性用的，我想大概适合你。"

那个小东西看起来像是一把微型的水枪。

"把它塞进耳朵里，打开开关就可以了。"巴拉巴在一旁指点着。

阿笨猫把它塞进耳朵里，打开了开关。

"兹——"那东西发出细小的声音，接着，就看见有水从阿笨猫的耳朵里溢出来了。

"它正在冲洗你的耳朵。"巴拉巴在旁边说。

可是，还不到十秒钟，阿笨猫又大叫起来："哎哟！痛死了我啦！"

阿笨猫赶紧拔出这个洗耳器，把它扔到了地上。

巴拉巴拿着放大镜，抓住阿笨猫的耳朵说："我看看，我看看。"

看过之后，巴拉巴说："很遗憾，耳膜穿孔了……"

"不是说软性洗耳器吗？怎么还这么痛？"阿笨猫不平地嚷嚷。

"是这样，这种喷水式洗耳器，是受到了你们地球上冲水式开采煤矿的启发，按照这个原理设计的，可能有些误算，力量太大了些……看来，这两款机型还不太适合地球人。"

"就是！"

"不过，还有一种更先进的生物挖耳法，想不想试试？"

巴拉巴说着，又在他的包里掏什么东西了。

"在我们星球上，有一种生物，它是专门吃耳屎的。用生物爱吃耳屎这个特点来清洁耳朵，属于绿色清洁，符合环保要求，而且又很安全……"

"那就试试吧。那生物长得什么样？"阿笨猫说。

"当然很可爱的。我已经摸到它了，你马上就能看到。"巴拉巴一边说着，一边从包里拎出来两条蛇。这两条蛇吐着信子，非常可怕。

"天哪，蛇啊！"阿笨猫叫起来。

"它看起来像你们地球上的蛇，其实它不是蛇，我们管它叫耳屎虫。别害怕，它们见到阳光会缩小的。"

果然，在阳光下，这两条蛇一样的生物正在以看得见的速度缩小，最后，缩小到像两条小蚯蚓。

"来，把它们放到你的耳朵里去吧？"巴拉巴说。

"不不不！快拿开，我害怕。"阿笨猫说。

"那可不行，它们变小了之后，就一定要吃到耳屎的，如果吃不到，它们会发火的……"

正说着，那两条蚯蚓般的小虫，又开始变大，最后又变回到原来那么大。它们向阿笨猫吐着信子，好像要向阿笨猫扑过去。

"快把它们弄开！"阿笨猫大叫着。

"看来不行啊。它们现在想吃肉。这样吧，你先给我一百元钱，我去买点肉给它们吃。今天我没有带钱。"

阿笨猫只好摸出钱，交给巴拉巴。巴拉巴把蛇塞进包里，跑开去了："我去给它们买肉吃了……"

③ "这是阿尔法星球特产的勤劳小种人……"

这天，阿笨猫又躺在躺椅上晒太阳。

巴拉巴又来了。

他摸出一百元钱："还给你，这是那天买肉喂耳屎虫的钱。"

阿笨猫接过钱，心里有点奇怪，巴拉巴居然还会把钱还给他。

"这次我是特意来还你钱的，"巴拉巴说，"不过，顺便告诉你一下，我们星球新开发出了一种更高级的挖耳法，你要不要试试？肯定不会让你失望的。"

　　"挖耳朵这么重要吗？"

　　"当然重要，挖耳朵是生活的一个组成部分，再说，我这个人特别爱为别人着想，上两次没有成功，我心里不舒服。"巴拉巴的态度看起来很诚恳。

　　"如果再失败呢？"阿笨猫问。

　　"别说失败了，就是成功了，但没有让你感到十分的满意，我赔偿你一切损失。"巴拉巴信誓旦旦地说。

　　"那就试试吧。"

　　"不过，如果你感到满意，请按标准付点使用费，行吗？"

　　"好的好的，满意了我就付钱。"

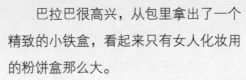

　　巴拉巴很高兴，从包里拿出了一个精致的小铁盒，看起来只有女人化妆用的粉饼盒那么大。

　　巴拉巴小心地打开盒子，并没有看到里面放有什么特别的工具，只觉得盒子里有一些小黑点，也看不出是什么东西。

　　"里面装了什么啊？"阿笨猫好奇地问。

　　巴拉巴给阿笨猫一个放大镜："你自己看看吧。"

　　阿笨猫用放大镜一看，吓了一大跳，那些细细的小黑点，原来竟是一个个像跳蚤差不多大的小人儿，他们正在盒子里走来走去，很忙碌的样子。

"这是什么啊？我看着怎么像小人儿啊？"阿笨猫好奇怪。

"对了，他们就是阿尔法星球特产的勤劳小种人。你再仔细看看，他们在干什么。小心，呼气轻一点，会把他们吹走的。"

阿笨猫再用放大镜仔细一看，发现这些小人儿，有的拿着小水桶，有的拿着扫把，还有拖把、锄头什么的，这些人静静地坐着，好像在等活儿干。

在这些人的旁边，还有几个小人儿，看起来好像是女性，一副女佣的打扮，她们拿着的是肥皂、毛巾、刷子，等等。

另外还有几个小儿人在走来走去，不知道在干什么。

"他们就是清扫耳朵的专业人员，都有上岗证的。他们的服务是超一流的。"巴拉巴得意地说。

④ "我会及时向你报告工作的进程状态……"

"好了，现在可以开始让他们工作了吗？"巴拉巴问阿笨猫。

阿笨猫点点头。

不知道为什么，阿笨猫有点紧张。虽然这些小人儿这么小，但有这么一支队伍要为他服务，他总觉得很像是要上手术台。

巴拉巴把盒子凑到阿笨猫的耳朵旁边，然后，拿起一面极细小的旗子，朝盒子里挥了几下，再用一根火柴棍在盒子与阿笨猫的耳朵之间搭起了一座小桥。

"这些人开始有秩序地进入工作岗位了——也就是进入你的耳朵了。"巴拉巴在旁边说，"我会及时向你报告工作的进程状态，你就闭目养神好了。"

阿笨猫只觉得耳朵里稍稍有一些痒，不过很舒服。

"第一批操作工正在用他们的小锄头挖掘……"

巴拉巴不断地报告着工作进程。

"第二批操作工开始工作，已经有一些耳屎被搬运出来了……"

"现在，第三批操作工正在用清水洗刷耳朵内部……"

"洗刷程序已经结束，现在开始擦拭耳朵的内部……"

"最后，有的操作工正在对耳朵内部的表面进行处理，比如打点蜡，修补一下破损的地方……"

在阿笨猫听来，巴拉巴所报告的这些工作流程，更像是在装修一幢大楼。

不过，阿笨猫确实是感到舒服，那种有点痒，又有点轻微的沙沙声，还有那种轻轻的摩擦，都让他感到一种从未体验过的舒服。这确实是用那种耳挖子挖耳朵所不能比的。

大约过了半个小时，阿笨猫都快要睡着的时候，巴拉巴在他的耳边轻轻地说："好了。"

巴拉巴用盒子接那些从阿笨猫耳朵里掉出来的小黑点儿，或者说，是从阿笨猫耳朵里一个接一个跳下来的勤劳小种人。

"怎么样？满意吧？"巴拉巴问。

"满意，满意！真不错！"

"那，请付钱吧，"巴拉巴递上一张纸，"这是价目表。"

阿笨猫接过纸来看。上面这样写着：

阿尔法星球耳朵清理专业人员一览表

挖掘工（负责挖掘耳屎）：4名

搬运工（负责搬运耳屎）：6名

清理工（负责清理耳内）：4名（女）

宣传员（负责宣传鼓劲）：1名（女）

勘探员（负责先行技术调查）：1名

洗刷工（负责洗刷耳内表面）：6名（女）

打蜡工（负责耳内表面打蜡）：1名

修补工（负责修补破损耳面）：1名（女）

机修工（负责修理各种工具）：1名

施工员（负责指挥整个工程）：1名

业务员（负责联系开展新业务）：1名

清洁工（负责打扫员工厕所）：1名（女）

厨师（负责全体员工伙食）：2名

共计：30名

每位员工劳动一次工资：100元

 30×100＝3000元

阿笨猫看完了，傻了半天，这才问道："怎么这么贵？怎么需要这么多人？"

"一百元一天的工资并不算高，再说，阿尔法星球崇尚严谨，所以，清扫耳朵这种专业队伍必须有严格的资质标准。这已经是很精简的队伍了，你不知道，清理鼻孔的专业队伍人数还要多呢。怎么样，付钱吧？"

巴拉巴说话的时候，手一直伸在阿笨猫的面前。

钱是只好付的，阿笨猫也知道，这是没办法的事。但是，他觉得好冤。

"唉，我花了三千元钱，只是洗了一下耳朵……"

预防痴呆症

1 "这是我六十岁时真实生活的某一个片断……"

巴拉巴手里拎着一台黑色的手提电脑，走进了阿笨猫的杂货中心。

"嗨，巴拉巴，把个手提电脑拎来拎去，随时准备打游戏哪？"阿笨猫朝巴拉巴笑着。

"什么呀，我才不玩游戏呢。"巴拉巴严肃地说，"我是想来跟你讨论讨论我们将来的日子怎么过。"

"将来的日子？什么意思啊？"

"是这样，我们阿尔法星球卫生组织最新研发了一种超级软件……"

"又是你们星球的卫生组织！上次为了买饮用水，就是你们的什么卫生组织让我吃足了苦头，被你骗得好惨。"

"嗨，"巴拉巴把手一挥，"过去的，就让它过去吧。现在我要跟你讨论的是关于将来，你不想听听这种超级软件的功能吗？"

"听吧，无所谓。"

"是这样，"巴拉巴又开始了他的滔滔不绝，"人的生命总是有限的，我们阿尔法星球上的人也是一样。但我们对自己的未来并不了解，不知道自己的身体状况如何，不知道自己能活多久，也不知道自己的经济状况如何……总而言之，我们无法预知晚年的一切状况。这样的话，又如何谈得上老有所为，老有所乐呢？"

"原来你是要跟我讨论我们的晚年……"

巴拉巴接着说下去："也可以这么说。我接着说：所以，阿尔法卫生组织为此研发了这个超级软件，用它可以测出每个人在老年时的情况。"

说到了这里，巴拉巴拿出了一套随身听似的东西，把它连到了那台手提电脑上，然后，再把两个耳机塞进了耳朵里。

"我给你演示一下……"

巴拉巴启动了电脑。

一会儿，电脑出现了一个画面：在一个保龄球馆里，有一个老年人正在打保龄球，看起来他精神抖擞，红光满面。

"这个老人怎么有点像你啊？"阿笨猫说。

"没错，这是我六十岁时真实生活的某一个片断。"巴拉巴显得有点不好意思，但又比较满意，"那时候，我的脸色好像还不错……嘿嘿，没想到，以后我会喜欢上保龄球……"

阿笨猫被巴拉巴这么一说，觉得有点恍恍惚惚的，产生了一种很奇特的感觉。好像有点神秘，又好像有点悲凉。

"人生好像很短暂啊……"阿笨猫自言自语地说。

巴拉巴在电脑上打了"80"这两个数字。

电脑的硬盘指示灯闪了一小会儿，画面改变了。现在画面上出现了一个年龄更大老头子，他正在健身房里健身。虽然是满脸的皱纹，身上的肉也显得松弛，但精神状态确实很好。画面中的老人在那里招招手，然后说："哈罗！"

"这是八十岁的我，"巴拉巴说，"真不好意思，我居然还去健身房。也好，总算对生活还有信心。"

② "电脑无法处理一个已经不存在的人的未来图像……"

"这个，这个，"阿笨猫的好奇心被激起来了，"给我也测一下？"

"行啊，行啊，"巴拉巴大方地说，"反正这个软件我已经买下了，随便用吧。"

阿笨猫把两个耳机塞进耳朵里，然后，对巴拉巴说："也看看我六十岁的时候吧。"

"好。"巴拉巴在电脑上输入了"60"这两个数字。

硬盘指示灯闪了一会儿，画面出现了。

屏幕上，出现了一只老年的猫，衣着不整，头上扣着一只水桶当帽子，手里挥舞着拖把，非常开心的样子，一边跳着一边在唱："啦啦啦，啦啦啦，我是一个可爱的小娃娃……"

阿笨猫大吃一惊："这，这，这是什么意思啊？"

巴拉巴说："我也看不太明白啊。在演戏吗？不像啊，明明是在家里。是梦游吗？也不像，明明是白天……"

巴拉巴转过头来，审视地看着阿笨猫："要不，再看一下六十一岁时的情况？"

"好的好的，快点。"

巴拉巴输入了"61"。

又出现了一个画面。

夏天，阿笨猫头上顶着一把稻草，身上穿着棉袍，坐在太阳下，正在唱着歌："美丽的夜色多么沉静……"

"这，这，到底是怎么回事啊？"阿笨猫觉得不可理解。

"我知道了，"巴拉巴说，"到了六十岁，你已经得了老年痴呆症。"

"我？老年痴呆症？"阿笨猫觉得仿佛五雷轰顶，"那你再往后看看，我会不会好起来？"

"看一下六十五岁的情况吧。"巴拉巴说着，输入了"65"。

画面上阿笨猫躺在一摊泥水中，笑眯眯地在睡觉。

"你在泥水中也睡得那么舒服，看来病更重了。我好像听说，这种病是不可逆转的……"

"再看看我的七十岁！"

巴拉巴停住手，说："我看算了吧，还是不要看了。"

"不不不，一定要看，说不定到了七十岁，我的病已经好了。"

"好吧……"巴拉巴无奈地输入了"70"。

硬盘指示灯闪了好一会儿，画面终于出现了。奇怪的是，画面上并没有阿笨猫，只有一个电脑动画效果。

先是一个红红的、朝气蓬勃的太阳，接着，这个太阳变软、变皱，最后，碎成了一片片，掉了下来，堆成一堆。然后，这一堆太阳的碎片燃烧起来，燃烧过之后，那堆碎片幻变成了一堆铮铮白骨。这些白骨的造型是很夸张的三维立体，上面还有一些亮亮的高光在闪烁，表示这些白骨又硬又冷。

"这，这是什么意思啊？"阿笨猫不懂。

"这表示七十岁那年，你已经死了。"

"死了？"

"是啊，电脑无法处理一个已经不存在的人的未来图像。"

阿笨猫傻在那里，半天说不出一句话来。

"死了？"

3 "以后，就看阿笨猫吃药的效果了……"

过了好一会儿，阿笨猫终于迸发出一声大哭："哇——哇——"

"为自己的死去而哭，这还是第一次遇到……"巴拉巴自言自语地说。

"我的老年这么惨，活着还有什么意思？撞死算了。"说着，阿笨猫就往这台手提电脑一头撞去。

幸好巴拉巴动作敏捷，一把拉住了他。

巴拉巴安慰地拍拍阿笨猫的肩膀："别哭，别哭，要有与疾病作斗争的勇气。"

"怎么……斗争呢……"阿笨猫显得好无助。

"阿尔法星球卫生组织开发这个软件的同时，配套地开发一系列药品，这些药品的作用，就是针对未来所患疾病进行早期预防。"

巴拉巴说着，摸出一瓶药来。

"你一定会说，这种药很贵……"阿笨猫无力地说。

"不不不，治病救人嘛，"巴拉巴连连摆手，"这预防药每瓶一百片，一分钱一片，一共一元钱。早上两片，晚上两片。"

"这么便宜？"

"是的。我要走了，你好好养病，只要提前预防了，你以后不会得老年痴呆症的。过几天我再来看你。"

巴拉巴走了。

巴拉巴的飞碟正在空中飞行。他又打开了他的手提电脑，重放了一遍他的未来和阿笨猫的未来的片断，还有那个太阳变白骨的动画效果。

"我还就是有天才，情节设计得非常巧妙，动画效果也是又逼真又幽默，以后我可以去拍电影了。"

巴拉巴对自己很满意。

"以后，就看阿笨猫吃药的效果了……"

巴拉巴自言自语地说着，朝窗外看了一眼，下面，阿笨猫那家小店正变得越来越小。

④ "我把我的家产全给你……"

阿笨猫一直在服那个预防药。身体并没有什么感觉，但他的心情好了很多。

他变得很乐观。

有一次，在公共汽车上他的皮夹被偷了，他居然一点也不心痛，挥挥手说："没什么，就当给小偷买药吃了。"

到了第七天的晚上，睡着的阿笨猫开始做奇怪的梦了。

他的梦是这样的：他正在森林里跑着，后面有一只狼张开血盆大口在追他。狼跑得比他快，眼看着距离越来越近了。就在狼要咬住他的一刹，出现了一个巨人，挡在了狼的面前。那巨人一手把他抱了起来，又飞起一脚，把狼踢飞了。狼在空中一直号叫着，最后掉下了峡谷……

阿笨猫醒来了，他清楚地记得，这个救他的巨人就是巴拉巴。

阿笨猫从梦中醒来的当时就非常感动。

"巴拉巴是我的救命恩人，我一定要好好报答他！"

接下来好几天的夜里，阿笨猫又做了类似的梦。梦里总是他遇到了绝境，然后，巴拉巴出现了，救他于危难之中。每次醒来，阿笨猫总是感激涕零，在心里暗暗发誓，一定要好好报答巴拉巴。

更奇怪的是，阿笨猫从来就没有觉得这些梦是梦，他就觉得这是生活中

实际已经发生过的事。

于是，阿笨猫盼着救命恩人的出现。他天天坐在店门口，在心里念叨着："巴拉巴在哪里啊？他怎么还不出现啊？我要感谢他，报答他……"

终于有一天，天上响起了轻微的"嗡嗡"声，巴拉巴的飞碟终于出现了！

当巴拉巴打开舱门，从飞碟上下来的时候，阿笨猫怀抱鲜花，撒着欢似的扑了上去。

"巴拉巴，真想你啊！"

巴拉巴吓了一跳："咦，真是肉麻。"

"我的恩人，我的恩人，我要报答你！"阿笨猫满脸幸福地说。

"这是家传的唐代花瓶，送给你。"

"再送给你我存的钱。"

"这是我的股票账户，也送给你。"

阿笨猫把这些东西一个劲儿往巴拉巴怀里塞。

"行了，行了，够了，够了。"巴拉巴推也推不开。

"等会儿，"阿笨猫拉住巴拉巴，"我马上就来。"

阿笨猫说完，马上就跑回家里去了。

巴拉巴望着他的背影说："哎呀，好像有点过头了，这预防药应该叫他一天只吃一片的，大概是吃得太多了。"

阿笨猫从家里出来了，他拉着一辆手拉车，车上，装着阿笨猫的所有家当，除了电视机、音响，还有桌椅、锅碗，甚至还有脸盆。

"怎么了？阿笨猫要搬家？"巴拉巴想。

阿笨猫把车拉来，对巴拉巴说："恩人呀，我把我的家产全给你！你一定要收下呀！"

"不行，不行，再见，再见。"巴拉巴转身就逃，钻进了小飞碟里。

飞碟立刻起飞了，巴拉巴从窗口望下去，只见阿笨猫拉着他的车子，正在一边向天上招手，一边追赶呢。

"唉，看来这能产生报恩心理的药量是过头了……"

巴拉巴有点担心。

不久，阿笨猫住进了医院。

医生的检查结论是："服用不知成分的药过量导致智力低下。"

用通俗的话说就是：阿笨猫得了痴呆症，虽然他还没有到老年。

在医院里住了三个月，阿笨猫回到家时，发现桌子上有一封信：

阿笨猫：

　　请到第二监狱来看看我。

　　　　　　　巴拉巴

在信的旁边，放着唐代的花瓶，还有阿笨猫自己的存折和股票账本。

永远不会醉

① "它叫'制酒灵'，就是专门用来对付酒的……"

阿笨猫和几个朋友一起进了一家小饭馆。

"今天哥们儿几个喝酒，说好了，酒钱大家分摊。"

"那是那是。"阿甲说。

"以前每回都是我出钱。"阿笨猫有点不平。

"那是你喝醉了，每次都抢着付钱。"阿乙说。

阿丙说："是啊，你硬要付账，我们有什么办法？"

"今天一定要大家分摊！"阿笨猫说。

于是，几个人点了几个便宜的菜，要了两斤土烧酒。

阿笨猫喜欢喝酒，喝酒能让他忘掉生活中的烦心的事，但是他的酒量不行，一喝就醉。

阿笨猫举起酒杯："哥们儿，干，干！"

于是，大家都干了一杯。

过了一会儿，阿笨猫又举起酒杯："哥们儿，干，干！"

大家都再干一杯。

"阿笨猫，别干了，你醉了。"阿甲说。

"我……没醉……"阿笨猫一扬手，就把一碟菜打翻了。

"阿笨猫又醉了，"阿乙说，"我们都别喝了，大家分摊，把账付了吧？"

阿丙说："是是是。"

阿笨猫醉眼蒙眬，忽然抬起头来："你们说什么？分摊付账？这么瞧不起我？看我阿笨猫穷，请不起哥们儿几个喝酒？"

阿甲赶紧说："不是不是，今天分摊，说好了的。"

"去，"阿笨猫把阿甲一推，"啪"地一拍桌子，"谁敢？我阿笨猫从来不要别人付账！"

阿笨猫把皮夹掏出来，往桌上一丢。

"谁也不许摸口袋，就用我的钱！"

阿甲他们几个你看看我，我看看你，摇摇头，还是在悄悄地摸自己的口袋，准备掏钱付账。可是阿笨猫虽然醉了，这些动作还是被他看到了。

阿笨猫忽然从口袋里掏出一把刀来，铮地一下插在桌上。

"哪个敢抢我阿笨猫付账的权利，先问问我这把刀！你们都走吧，一个也不许留在这里！我会付账的。"

看到这副架势，阿甲他们三个，只好赶紧逃走了。

……

第二天，阿笨猫一觉醒来，看着空空的皮夹，心里一阵懊恼。他"啪"地打了自己一个耳光："我这个人，一喝就醉，一醉就犯浑，气死我了！"

正在这时候，巴拉巴走进杂货店里来了。

"哎呀呀，又在自己打自己了，不要这么残酷嘛。"巴拉巴油腔滑调地说。

"唉，"阿笨猫叹了一口气，"我很喜欢喝酒，但是，一喝就醉，已经花了不少冤枉钱了……"

"要想喝酒不醉还不容易，犯得着自己打自己吗？"巴拉巴显得胸有成竹。

"你有办法？快告诉我！"阿笨猫一把拉住巴拉巴。

"我从阿尔法星球带了一种药，它叫'制酒灵'，就是专门用来对付酒的。吃了它，喝酒永远不会醉。"

"灵不灵啊？"

"当然灵了，服药一丸，无论喝多少酒，都不会醉，并且终生有效。药也不贵，只要一元钱一粒。"

巴拉巴说着，从包里找出一粒药来，是小小的一粒白色药片。

阿笨猫毫不犹豫地用一元钱买了这粒药。

"我走了，有事打电话。再见。"巴拉巴边说边钻进了他的飞碟。

❷ "从今往后，我永远不会醉了……"

巴拉巴一走，阿笨猫就把这粒药吃下去了。

什么感觉也没有。

阿笨猫给阿甲、阿乙和阿丙几个打电话："今天晚上再一起喝酒，好，老地方，不见不散。"

晚上，他们几个又在那个小饭馆里坐了下来。

"还是那句老话，今天的酒钱，大家要分摊。"阿笨猫说。

"那是那是。"阿甲他们三个都点头。

阿笨猫举起酒杯："哥们儿，干，干！"

于是，大家都干了一杯。

酒喝到嘴里，阿笨猫一点也没有感觉到有酒味，完全像是在喝白开水。

过了一会儿，阿笨猫又举起酒杯："哥们儿，干，干！"

大家都再干一杯。

阿笨猫还是没有感觉到酒味，像喝白开水。

已经干了好几杯，阿笨猫一点也没有醉意。阿甲他们几个，都在暗暗观察，觉得非常奇怪。

阿甲问："阿笨猫，你今天的酒量怎么这么好？喝这么多，还一点不醉？"

"哈哈，这个保密。告诉你们一句话，从今往后，我永远不会醉了。"阿笨猫得意地说，"对了，今天的酒钱是不是说好大家分摊？"

"那是那是。"阿甲他们三个赶紧点头。

"那就好。米，喝酒，喝酒！"阿笨猫又举起了酒杯，"丁，丁！"

今天已喝了不少，最后，阿笨猫把小姐叫来："我们不喝了，快上饭，每人一碗饭。"

小姐很快就把饭端来了。

吃饭的时候，阿笨猫问："你们觉得吗，这饭里怎么有股酒味？"

阿甲他们三个都说："没有呀，这饭挺好的。"

四个人草草地吃完了饭。

阿甲说："时间不早了，我们散吧。大家分摊，把账付了。"

阿丙说："是是是。"

阿笨猫忽然抬起头来："你们说什么？分摊付账？这么瞧不起我？看我阿笨猫穷，请不起哥们儿几个喝酒？"

阿甲赶紧说："不是不是，今天分摊，刚刚还说了的。"

"去，"阿笨猫把阿甲一推，"啪"地一拍桌子，"谁敢？我阿笨猫从来不要别人付账！"

阿笨猫把皮夹掏出来，往桌上一丢。

"谁也不许摸口袋，就用我的钱！"

　　阿甲他们几个你看看我，我看看你，摇摇头，还是在悄悄地摸自己的口袋，准备掏钱付账。可是阿笨猫清清楚楚地看到了这些动作。

　　阿笨猫忽然从口袋里掏出一把刀来，铮地一下插在桌上。

　　"哪个敢抢我阿笨猫付账的权利，先问问我这把刀！你们都走吧，一个也不许留在这里！我会付账的！"

　　说完，阿笨猫一头趴在桌子上，满脸通红，明显是又喝醉了。

　　看到这副架势，阿甲他们三个，只好赶紧逃走了。

③ "消酒灵其实是一种戒酒药……"

　　早上醒来，阿笨猫看着空空的皮夹，气不打一处来。

　　"什么制酒灵，全是骗人的，昨天晚上又醉了，我真浑，怎么会相信巴拉巴！"

　　阿笨猫又"啪"地打了自己一个耳光。

　　他拨通了巴拉巴的电话："巴拉巴吗？你来一趟，你的制酒灵不灵的！"

　　"好的好的，我马上来，见面再谈。"

　　才一会儿，巴拉巴的飞碟就赶到了。

　　"昨天晚上我又醉了，你给解释解释！"阿笨猫气呼呼地说。

　　"不可能，制酒灵经过八万多例试验，无一例外，绝对是灵的！"巴拉巴也叫起来。

　　"那我昨晚就是醉了，又是我付的酒钱！"

　　"是吗？让我想想……"巴拉巴做出沉思的样子，"昨天晚上你酒后吃饭了吗？"

　　"废话，当然吃了。"

　　"这就对了！"巴拉巴一拍大腿，"吃饭当然会醉啦！"

"你说什么？吃饭当然会醉？"阿笨猫糊涂了。

"对呀，昨天你喝酒的时候，是不是觉得像喝白开水一样？你吃饭的时候，是不是觉得饭里有点酒味？那不就结了！这种制酒灵药丸，会让你的身体里对酒精的敏感转变为对淀粉类食物的敏感，喝酒不会醉，但吃饭要醉，不但吃饭，就连吃面、吃馒头也醉，凡是淀粉类的食物，你吃了都会醉……"

"我以后吃饭啦、面啦什么的，都会有股酒味了？"

"那当然，只要含有淀粉的食物都是如此，比如馄饨、油条之类，都要少吃或者不吃。"

"那怎么成？我岂不饿死了？"阿笨猫跳起来，"不行，你得把含有淀粉的食物里面的酒味都给我去掉！"

"这有何难？你只要服一粒'消酒灵'就可以了。"

巴拉巴说着，从包里拿出了一个小小的木盒。打开来，盒子的绸缎底座上，放着一粒白色的药丸。

看着这么精致的包装，阿笨猫想："得，今天又要上一当了，上次的药只要一元钱一粒，这次的药，一定很贵很贵的了……"

"多少钱啊？"阿笨猫问。

"不贵的，五角钱一粒。"巴拉巴说。

"什么？这么便宜？别说药，就这个盒子，我看也值几十元哪。"

"嗨，这你不知道了吧？我们阿尔法星球上，一向提倡戒酒，这药就是阿尔法星球卫生组织研制的。消酒灵其实是一种戒酒药。戒酒行为当然要提倡。因为这药服一粒就终生有效，盒子做得精致，是为了给戒酒成功的人士

留做纪念的。也有人服了药之后，用这盒子换装上一颗珍珠或者戒指什么的送给女朋友，表示已经戒了酒，很讨姑娘们欢心的……"

"好了好了，你少说几句，"阿笨猫着急地说，"快给我一粒药。"

巴拉巴把药交到阿笨猫手里，又缩了回来："慢着，我先跟你说清楚了，免得以后又说我骗你。服了这粒药，你可是什么食物里面都吃不出酒味了，当然也包括酒本身。你想好了。"

阿笨猫说："当然，我要的就是这个效果。不灵我还找你呢。快给我药。"

巴拉巴这才把药给阿笨猫，收下了五角钱。

④ "我怎么感到什么事都提不起劲来呢？"

阿笨猫给阿甲、阿乙和阿丙几个打电话："今天晚上再一起喝酒，好，老地方，不见不散。"

晚上，他们几个又在那个小饭馆里坐了下来。

阿笨猫又开始他的开场白："不好意思，还是那句老话，今天的酒钱，大家要分摊。"

"那是那是。"阿甲他们三个一边点头，一边在偷偷笑着。

阿笨猫举起酒杯："哥们儿，干，干！"

于是，大家都干了一杯。

"很好，这次酒里也没有感到有酒味。"阿笨猫心里想。

接着，阿笨猫把小姐叫来："先给我来一碗饭，今天我要吃一碗饭之后再跟他们喝酒。"

阿甲他们几个很奇怪地看着阿笨猫吃那碗饭。

"很好，饭里也果然没有酒味了。"阿笨猫心里想。

这下阿笨猫放心了，开始一次次地举起酒杯来："哥们儿，干，干！"

已经喝了很多酒了，但是，阿笨猫却一点醉意也没有。

"哥们儿，干，干！"都是阿笨猫在那里劝酒。

他们一直喝到半夜。阿笨猫觉得应该散了，他对阿甲他们说："哥们儿，散吧，大伙儿分摊付账。"

没有人回应。

阿笨猫一看，阿甲他们三个醉倒了，已经不省人事了。

结果这次又是阿笨猫付账，因为只有他一个人是清醒的。

虽然阿笨猫很不情愿，但他心情还好，因为，消酒灵能使他无论喝多少酒也不醉，已经得到了证实。

阿笨猫高高兴兴地回家去了。

回到家里，阿笨猫忽然觉得有点异样，总觉得浑身都难过，但又说不出哪里难过。

"我怎么了？我怎么感到什么事都提不起劲来呢？"

阿笨猫左想右想，忽然醒悟过来了。

"我知道了，因为我今天等于没有喝过酒啊！没有过过酒瘾！"

确实如此，今天晚上喝的酒，跟喝白开水没两样。

他在家里找出一瓶二锅头，咕嘟咕嘟喝起来。

"呸——"阿笨猫把它们又吐了。

这瓶二锅头完全像白开水。

"酒，酒！我要喝酒！"阿笨猫喊着。

但是已经不行了，就像巴拉巴说的，他再也不能在任何食物，包括酒在内，尝到丝毫的酒味了。

5 "我得在太阳穴搽点风油精。"

阿笨猫觉得自己想喝酒想得快要发疯了。

他给巴拉巴打电话："巴拉巴，你快来一趟，救救我。"

"发生了什么事，好的好的，我马上就来。"

巴拉巴的飞碟很快就到了，他一下飞碟就冲进了阿笨猫的店里。

"阿笨猫，我的好朋友，你发生了什么事，真让我急坏了！"

"巴拉巴啊，我难过死了，我想喝酒，我想喝酒啊。"阿笨猫喊着。

"原来是这事，我可帮不了你，"巴拉巴的声音冷冷的，"我早就警告过你，消酒灵其实是一种戒酒药。你还是克制克制吧，这辈子，你别想再尝到酒味了！"

"我要喝酒，我要喝酒！"阿笨猫大声喊着。

"哎哟，你喊得我头都痛了，"巴拉巴说着，从口袋里摸出了一个非常精致、非常小的瓶子，"我得在太阳穴搽点风油精。"

巴拉巴旋开瓶盖，食指沾了一点风油精，往额头上抹。

忽然，阿笨猫用劲嗅着鼻子，猛地向巴拉巴冲了过来。

"酒，酒！我闻到你这个小瓶子里是酒的味道！"

阿笨猫一把抓过巴拉巴手里的风油精小瓶子，放在鼻子下闻起来："啊，多么香的酒味啊。"

接着，阿笨猫把小瓶子里的风油精全部倒进了嘴里。

"天哪，好酒，好酒，从来没有喝到过这么好的酒。"

巴拉巴到这时候才做出反应，他把阿笨猫手里的空瓶子抢过来，恼火地说："你把我的风油精喝了！这是我们阿尔法星球卫生组织研制的高级风油

精，很贵的，这一瓶只有五毫升，就要五百元呢！你却把它当酒喝了！"

阿笨猫说："我喝到的明明是酒的味道啊！怎么回事啊？"

"虽然我们阿尔法星球卫生组织宣布过，他们研制的风油精也是能喝的，而且能够强身健体，但是，它毕竟太贵了，谁喝得起呀。"

"不喝酒，我比死都难过。"阿笨猫说，"求求你了，你就给我进点货吧。先给我来一箱。"

"一箱有两百四十瓶，要十二万元呢！"

"要，我要！十二万就十二万，倾家荡产也喝！"阿笨猫喊着。

"好吧，我这就给你去进货。"

巴拉巴说着，钻进了飞碟里。他一边驾驶着飞碟，一边自言自语地说："其实，这种风油精在阿尔法星球只卖一元钱一瓶，我刚才是为了吓吓阿笨猫的，既然已经说出五百元一瓶，也只好认了。这叫'君子一言，驷马难追'……"

巴拉巴再次在阿笨猫面前出现，并把一箱风油精交到阿笨猫手里。

当阿笨猫交出一大沓钱的时候，这才想起来问一个问题。

"巴拉巴，你不是说，吃了消酒灵，永远也尝不到酒味了？"

巴拉巴一边数着钱，一边漫不经心地回答："这个问题很简单，吃了消酒灵，就永远尝不到任何食物里的酒味了，但是……"

"但是什么？"

"风油精不是食物。"巴拉巴冷冷地说。

磨豆腐

① "这是我的系列品牌。"

今天，阿笨猫把杂货中心的店门一关，出去了。

"今天我要去考察考察市场，考虑一下怎样继续发展我的事业。"

阿笨猫沿着小路走出去，一路上考察了好多家企业。

阿甲将后院改造了一下，开了一个纽扣加工厂，有三四个工人正在那里做纽扣。

阿乙是利用客厅的一个角落，开了包装盒加工厂，也有几个工人那里加工火柴盒。

阿丙做的是贸易，开了一家年糕店，店里不但卖年糕，还外加面条，甚至连五芳斋的粽子也卖，生意挺红火的。

考察了一圈下来，阿笨猫深有感触："我应该在原来杂货中心的基础上进行深层开发，利用后院柴房这块场地，最好开一家奔驰轿车联营厂，或者是IBM电脑联营厂，如果是开一家跨国石油公司也好的……唉，想不好了……"

阿笨猫觉得头绪太多，一时难以决定。

他走进了一个咨询公司，请他们拿拿主意，把握一下自己下一步发展事业的方向。

咨询公司一位小姐说："没问题，我们可以让电脑帮你做出最佳的选择。来，请输入你的投资金额、年龄、学历、场地面积、特长，等等项目……"

阿笨猫把这些项目如实输入了电脑。

电脑硬盘指示灯闪亮了一会儿，给出了一个答案：

"您最适合开一家豆腐作坊。"

阿笨猫先是呆了一会儿，接着，一拍大腿，说："豆腐作坊就豆腐作坊，我阿笨猫照样能开出自己的特色，开出自己的品牌！"

阿笨猫买来了全套设备和原料。也无非是一只大石磨，一些旧的大铁桶、木架、木格之类，还有几麻袋黄豆。

现在，"阿笨猫杂货中心"的牌子旁边，又多了一块牌子："阿笨猫豆腐"。

"这是我的系列品牌。"

从第二天开始，阿笨猫每天天不亮就起来磨豆腐。他非常辛苦地做出来两板豆腐。

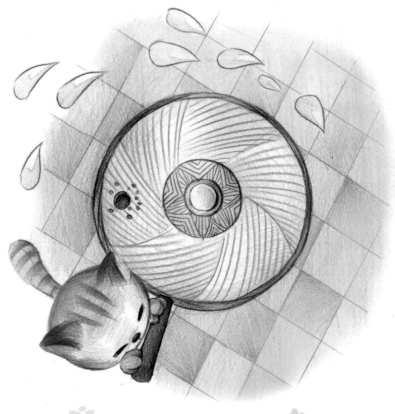

"效率太低了。"阿笨猫想，"再说，我是老板，怎么能亲自磨豆腐呢？应该去招几个工人来。"

阿笨猫在店门口又竖了一块牌子："招磨豆腐工，学历不限，月工资两百元。"

牌子竖了好多天，连问也没有一个人来问过。

这样，阿笨猫只好每天自己起来磨豆腐。

这些天，为了提高利润，尽量把做出来的两板豆腐卖完，阿笨猫总是自己将那些剩下来卖不完的豆腐买下来。有时候，他甚至把豆腐当饭吃了。

"要创立一个好的品牌，好像也不太容易……"阿笨猫想。

② "不行，健身房必须免费……"

这天，已经到了傍晚了，那两板豆腐还剩下一板半没有卖出去。

"看来，不但晚饭，我的夜宵也要吃豆腐了……"

阿笨猫正这么想着，看到巴拉巴走进店里来了。

"你真是生意越做越大了。还卖豆腐啊？"巴拉巴看着豆腐，忽然问，"我不太懂，这豆腐是什么东西啊？我们阿尔法星球没有这东西。"

"豆腐就是……就是豆腐呀。"阿笨猫也无法解释豆腐到底是什么。

"我尝尝。"

巴拉巴尝了之后，就叫起来："啊，味道真不错！你为什么不多生产一些，比如一天生产一吨两吨的？"

"这两板还卖不完呢，再说，也没有人愿意来当工人。"

"我有一个主意，我们两个联营怎么样？"巴拉巴来了精神，"我有办法让你的豆腐产量提高一千倍，也有办法让很多人来为你做豆腐，而且，他们都不要工资，给你白干。怎么样？"

"天方夜谭啊，哪有这么好的事？"

"这你就不用管啦，投入资金由你负责，我算是智力入股。"巴拉巴兴奋地说，"但是，我有一个条件，你当天卖不掉的豆腐必须都归我，而且不能收我的钱。"

　　阿笨猫想：这也合算啊。他能叫来不付工资的工人，而且还归他处理卖不掉的豆腐。

　　"好，就这样，一言为定！"阿笨猫同意了。

　　"好，接下来，一切照我说的做，我保证你能成功。"

　　"好，我听你的。"阿笨猫真的想看看巴拉巴到底有什么绝招。

　　"第一步，先去进一批最先进最高级的健身房全套设备，开一间健身房。"

　　"啊？"

　　"这是扩大豆腐生产规模的配套工程，没错的。"巴拉巴不容置疑地说。

　　"那，好吧，健身房设备可是很贵的……"

　　阿笨猫大兴土木，很快把杂货中心腾出来，改成了健身房，买来了最好的健身房设备，装修一新。

　　"这么好的健身房，我们收费高一点。"阿笨猫高兴地说。

　　"不行，健身房必须免费，而且还要24小时开放！"巴拉巴严肃地说，"快去竖一块牌子，上面写：为鼓励全民健身运动，阿笨猫健身房24小时免费开放。"

　　"什么？免费？"阿笨猫大吃一惊。

　　"照我说的做！"巴拉巴大声说。

　　阿笨猫只好在健身房外面竖了那块牌子。

好几个年轻人看到健身房免费开放，非常高兴。都三三两两地进来了。

这些年轻人很快就把各种器材都占满了。

阿笨猫看着好心疼。

"这些器材都是我用钱买来啊，现在他们都在白玩呢。"阿笨猫对巴拉巴说，"我们的成本从哪里收回啊？"

巴拉巴一脸的不屑："你真笨，从豆腐里收回啊。"

"豆腐？可是，可是，"阿笨猫不明白，"这健身房和豆腐有什么关系啊？"

"哈哈，健身房和豆腐还真的有'内在关系'呢，你跟我来。"

巴拉巴带着阿笨猫往豆腐房走去。

走进磨豆腐的作坊里，阿笨猫看见台巨大的磨豆腐机正在转动着。

"咦，这台磨豆腐机怎么自己会转动的？"

"那些在健身房里的锻炼的人，正在帮你磨豆腐呢。"

"啊？"阿笨猫大吃一惊，"这怎么可能？"

"哈哈，我早派人把健身器材改装过了，它们实际上都和这台磨豆腐机连在一起，那些年轻人在健身房里又推又拉的，这些作用力，都通过传动设备，带动了这台磨豆腐机。所以说，他们还以为自己是在锻炼，其实是在帮你磨豆腐呢。哈哈！"

巴拉巴显得非常得意。阿笨猫心里也暗暗在想：怪不得我一直上这家伙的当，原来他那么坏。

忽然，店堂里有人在喊："阿笨猫，快来，市长来看你了。"

"什么？市长？"阿笨猫赶紧奔出去。

果然是市长来了。

"阿笨猫，你为了全民健身运动，开了免费健身房，很好很好！"市长看着正在锻炼的年轻人，点头微笑着。

"这个，这个，"阿笨猫从来没有见过这种场面，"也算是为国家兴亡，尽匹夫之力吧。"

"很好，很好。"市长又点点头，并加以微笑。

市长的秘书拿出了一张支票，交给了阿笨猫："这是市政府给你的奖励，希望你能保持这个荣誉。"

市长说："阿笨猫啊，你看能不能把健身房再扩大一些啊，现在只有几十个人可以健身，如果有几百个人同时可以健身，那就更好啊。"

"是是是，一定考虑，一定考虑。"阿笨猫点头。

第二天的报纸上，登出了市长视察阿笨猫健身房的照片，同时，报纸上的一篇评论还这样写道：

> ……听了市长的表扬，阿笨猫心情十分激动，当场向市长明确表示：他准备将健身房扩大十倍，并继续保持全天免费开放，并将把毕生的精力，都投入到全民健身活动的事业中去。市长对此表示了赞许……

"天哪，再扩大十倍？我什么时候说过这话？这可怎么办？"阿笨猫着急了。

巴拉巴说："这可没有办法了，市政府的奖金你也拿了，你必须保持这个荣誉的。这样也好啊，你想，如果扩大十倍，你的豆腐产量不是也会提高十倍了？"

阿笨猫想了想说："这倒也是啊，我这就去办。"

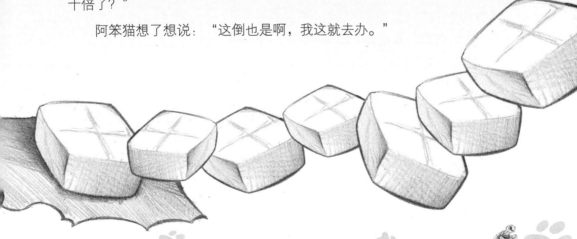

④ "真担心，今天又要做出很多的豆腐来了……"

很快，健身房扩大到原来的十倍。磨豆腐机也增加到了十台。

因为是免费的，那些健身器材一刻也没有闲着。

阿笨猫暗暗想："照这个势头，如果健身房再扩大一百倍，恐怕也会爆满的……可是，现在的豆腐是不是磨得太多了？"

豆腐已经堆成了山，因为豆腐产量已经是原来的十倍，但是，销量却没有提高。人们通过报纸只知道这里有一个健身房，却很少有人知道健身房的隔壁在卖豆腐。

现在，有百分之九十的豆腐卖不掉。

"原先说好的，这些卖不掉的豆腐，由我拿去处理。"巴拉巴说。

"是的是的，都拿去吧。"

每天，巴拉巴都会派卡车来运走豆腐，也不知道这些豆腐都弄到哪里去了。

健身房的投入那么多，卖掉的豆腐又那么少。卖豆腐的钱不用说收回健身房的投入，就是抵买黄豆的钱也不够。

看着堆成山的豆腐，阿笨猫很着急："还有这么多豆腐，真是，明天健身房不开了。"

果然，第二天健身房没有开门。

才关了几个小时，天还没有亮，阿笨猫就被敲门声吵醒了。

"开门，开门！我们要早锻炼了！"

阿笨猫很生气，这些健身房又不是你家的，我干吗一定要开？

阿笨猫对外面大叫："今天关门，今天关门！"

很多人聚集在门外，喊着口号："我们要健身，我们要健身！"

一会儿，市长又来了。

市长和蔼可亲地对阿笨猫说："阿笨猫啊，你要保持你的形象啊，不要晚节不保啊……"

"这……"

阿笨猫只好继续开门。

大批的人们拥进了健身房，那些磨豆腐机又轰隆隆地转动了，没办法，阿笨猫只好往机器里加黄豆。

"唉，真担心，今天又要做出很多的豆腐来了……"

阿笨猫看着流水线上成批的豆腐出来，快要哭了。

巴拉巴拍拍阿笨猫肩膀说："别担心，豆腐我会去处理掉的。"

又有卡车来运今天的豆腐了。现在，巴拉巴也不等到晚上才来运卖不掉的豆腐，因为反正豆腐肯定卖不掉，他从早上就开始来运了。

阿笨猫心里怀疑，就打了一辆的士，悄悄跟着那些运豆腐的卡车。

卡车一直开，开到了郊外一个僻静的空地上，只见那里停着一个巨大的飞碟，巴拉巴正指挥着，把卡车里的豆腐都装到飞碟上。

"小心，别把豆腐碰碎了。你们要知道，这豆腐在我们阿尔法星球上可是昂贵的食品，要卖到一百元一块呢。"

的士司机发现，阿笨猫在车里静悄悄的，已经昏过去了。

美人鱼

① "美人鱼是我们星球上最流行的宠物……"

最近正在流行电子宠物，阿笨猫也去买了一个。

"反正店里也没什么生意，闲着的时候可以玩玩。"

他买的是一只电子小鸡。一按"开始"按钮，屏幕上出现了一个蛋，一会儿就孵出了一只小鸡。小鸡圆鼓鼓的，长得很可爱。只是特别容易饿，一会儿就得喂它吃的。还得给它洗澡，带出去遛弯儿，教它读书学习。有时候，小鸡还会出现心理问题，阿笨猫就要给它或是安慰或是鼓励或是讲故事，等等。它还会生病，生了病，就得上医院买药打针。买药是要用钱的，钱是回答一些古怪问题得分赢来的……

阿笨猫发现有了这个电子宠物，自己一下子变得很忙了。

这一天，阿笨猫看见小鸡的情绪指数有点下降，就开始给小鸡洗澡，然后带它出去遛弯儿。这时候，一个声音吓了阿笨猫一跳。

"阿笨猫，你好。"

阿笨猫一抬头，自己也大大地吓了一跳。

"巴拉巴，是你？你，你，你，怎么敢这样？"

在阿笨猫面前的巴拉巴，一反常态，他怀里竟抱着一个女人！这个女人看起来长得非常美丽。

巴拉巴好像知道阿笨猫心里在想什么，他说："这是我养的宠物，你看看。"

巴拉巴把盖在那女人身上的布掀开，露出了一条鱼尾巴。原来，这不是一个女人，而是一条美人鱼。

巴拉巴又开始他的滔滔不绝：

"美人鱼是我们星球上最流行的宠物。由于侍养美人鱼具有不可预见性，也就是说，所侍养的美人鱼长得美不美，具有不确定性，完全取决于侍养者的行为，这一特点，很快引起了大家的兴趣。因此，养出一条好的美人鱼，就可以卖一个很好的价钱。像我现在抱着的这个，有人出价三十万元，我还不肯卖。我说阿笨猫，你有这精力，干吗不弄条美人鱼养养？如果养出了美丽的美人鱼，你不就发财了？而且，养美人鱼的整个过程又充满了乐趣。可是，你还玩这种一分钱也赚不回来的电子宠物？你傻啊，阿笨猫！"

巴拉巴表情沉重地拍拍阿笨猫的肩膀，做出一副很痛惜的样子。

"可是，我怎么养啊？"阿笨猫问。

"哈，知道你会想养的，美人鱼苗我都给你带来了。"巴拉巴说着，把一个小塑料桶拎到了阿笨猫的面前。刚才阿笨猫光看那美人鱼了，一直没有注意到他还拎着这个桶。

巴拉巴说："这里面有一条小美人鱼，好好养吧，养大了，我来收购，美一点的，三十万元一条，不太美的，起码也十五万。"

"它吃什么呢？"

"什么都吃，你吃什么它吃什么，关键是你要关心它，爱护它，不要虐待它。"

"这个没问题，我最有爱心了。"阿笨猫偷偷看着巴拉巴怀里的美人鱼，心里想：这么美的美人鱼，我爱都来不及呢……

巴拉巴把小桶放在柜台上，告辞了。

② "你好好养，它会越长越美的。"

等巴拉巴一走，阿笨猫小心地揭开桶盖。

他大大地吃了一惊，在桶里游着一条鱼，它长得大头小尾，模样可怕，大嘴咧开着，长满了尖牙。身上还有很多的疙瘩，很像海底的那种鲛鲼鱼。

"巴拉巴，这东西看起来不像是美人鱼啊，会不会是弄错了？"阿笨猫给巴拉巴打电话。

"不会的。是不是头特别大，身上有疙瘩的？"

"是啊。"

"那就对了，放心吧，你好好养，它会越长越美的。"

这时候，鱼发出了叫声："叽咕，叽咕……"

"它大概是饿了。"阿笨猫往桶里丢进去一些饭粒，小鱼"吧唧吧唧"地吃起来。

阿笨猫不禁想：它吃东西的声音也这么难听……

他把美人鱼苗放到了一个玻璃大缸里养起来。这东西不但胃口好，拉得也多，玻璃缸一天就要换水了。

阿笨猫耐心地每天给它换水。

这难看的小鱼，还常常要阿笨猫陪它玩。只要阿笨猫在忙自己的事，它就会很有失落感，不断地发出"叽咕叽咕"的叫声。如果阿笨猫不马上跑过去，它的叫声会越来越凄惨，听得阿笨猫头皮一阵阵发麻。

阿笨猫只得常常在玻璃缸外面，时而表演节目，时而讲讲故事，时而还要扮些鬼脸装小丑。

总而言之，阿笨猫为了对付它，付出了很多的爱心和精力。

一个月养下来了，小鱼果真在变化，它已经不再像原来那么难看了，首先是身上的疙瘩没有了，头也变小了一些，尾巴也散开来，有点像金鱼的样子。它那"叽咕叽咕"的叫声也柔和多了。

这天晚上，阿笨猫正在看世界杯足球赛，那条鱼又在叫了：

"叽咕，叽咕……"

阿笨猫看球的兴致被打扰了，非常恼火。他喊起来："讨厌！快要进球了，叫什么叫！"

那鱼先是呆了一下，好像非常不习惯遭到这样的待遇。接着，它又叫起来："叽咕，叽咕……"

阿笨猫不耐烦地往鱼缸里丢了一些鱼食。

"给你吃，给你吃。别再叫了！"

过了一会儿，那鱼又在叫了："叽咕，叽咕……"

阿笨猫很熟悉它的这种叫。

"又要我陪它玩儿，真讨厌！这回不理它了！"

后来，不管小鱼怎么叫，阿笨猫都不再理它，只顾自己看球。

③ "美人鱼都要经历几次变态……"

到了早晨，阿笨猫一看鱼缸，吃了一惊：那条小鱼，已经变样子了，变成了一条大鲤鱼，失去了原来像金鱼时那种婀娜多姿，显得那么土气和傻帽。

大鲤鱼张着大嘴，朝阿笨猫叫："叽咕，叽咕……"

阿笨猫往鱼缸里撒了一点鱼食，就走开了。

"叫吧，叫吧，我才不管你呢！这么难看还配让我跟你玩？"

除了喂鱼食，阿笨猫已经不再跟那条鱼玩了。

"如果它变不了美人鱼，我就把它养大了做煎鱼吃。"阿笨猫想。

一天天养着，那条鱼倒也长得很快。看起来已经有两斤多了。

"我看，明天把它吃了算了……"阿笨猫想。

第二天，阿笨猫准备好了葱和姜，准备到鱼缸里去抓鱼。

走到鱼缸前，阿笨猫吓了一跳：那鱼已经不见了，鱼缸里却多了一个白色的大球，那球毛茸茸的，也看不出是什么。

阿笨猫赶紧给巴拉巴打电话。

"鱼缸里的鱼不见了，多了一个大白球。"

"噢，那是美人鱼结茧了。"

"结茧？它又不是毛毛虫，怎么会结茧？"

巴拉巴在电话里耐心地说道："每一条美人鱼都要经历几次变态，至于会变出什么，那是不确定的，依侍养者投入的感情而定。有纪录显示，有的人养美人鱼，最后变成了蛆，有的变成了蚂蟥，有的变成了老鼠……"

"那，我这个茧里会变出什么？"

"我想你一定是倾注了全部爱心的，一定会变出美人鱼的。再见。"

巴拉巴把电话挂了。

阿笨猫很心虚，他看着白色的茧，不断在问自己："我投入全部爱心养它了吗？"

三天之后，那个大茧发出了一种声音，好像里面的东西在咬着茧。

一会儿，茧被咬破了，从里面钻出来的，是一头样子有点像大鳄鱼的怪物。那怪物有一张长嘴和满口的尖牙，嘴张得大大的，直往下滴口水。

"叽咕，叽咕……"

那怪物发出与以前一样的叫声，看着阿笨猫，一脸想与阿笨猫亲近的样子。

阿笨猫赶紧跑开去。

"叽咕，叽咕……"那怪物叫着，好像很着急，在鱼缸里乱爬着，想挣扎出来。

忽然，怪物的尾巴一挺，一个翻身，从鱼缸里蹦出来了。

它向阿笨猫奔去，发出呼唤的声音："叽咕，叽咕……"

阿笨猫逃，怪物追着，他们两个在屋子里绕着圈子。

最后，阿笨猫没办法，就向门外逃去。他想："等这怪物追出来，我再逃进屋里，把它关在门外。"

没想到，那怪物看阿笨猫出去，就站在门口，不再追出来了，它好像很

怕外面这个世界。

怪物朝远去的阿笨猫急切地叫着："叽咕，
叽咕……"

④ "它的变态具有不可预知性……"

阿笨猫一直躲在远远的地方看着，那怪物一直在门口站着，绝不迈出
一步。

"这下可麻烦了，它不出来，我怎么回去呢？我还要回家睡觉哪。"
阿笨猫想。

阿笨猫去订制了一只大铁笼。

"我把怪物诱进铁笼关起来就行了。"

阿笨猫背着大铁笼回到家里。

还没有进家门，那怪物就像一条忠实的狗，欢天喜地地扑过
来，亲热地在阿笨猫身上蹭来蹭去，尖尖的爪子把阿笨猫的衣
服撕成了一条条。

怪物发出开心的叫声："叽咕，叽咕。"

阿笨猫怎么也没有办法把怪物骗进笼子里去。

没办法，为了躲避怪物，阿笨猫只好自己躲进笼
子里，关上了门。

那怪物一接触不到阿笨猫，就着急。它拼
命抓着笼子的铁条，又摇晃着笼子，"叽咕
叽咕"叫着，好像有一种强烈的需要没
有得到满足。

阿笨猫这才想起来，
它需要主人跟

它玩。

"好吧，好吧，别吵了，我给你讲故事。"阿笨猫说着，讲起故事来，"从前，有一位公主，长得非常美丽……"

那怪物马上就安定下来了。

等故事讲完，阿笨猫稍作停顿的时候，那怪物又开始抓挠铁笼子。

"好吧，好吧，别吵了，我给你唱个歌。"阿笨猫又开始唱歌，"啦啦啦……"

后来，阿笨猫又在笼子里给怪物跳了舞，还扮了小丑。

怪物这才感到满意，它把铁笼子整个拎起来，像提着一只大鸟笼似的，拎到鱼缸旁边一放，然后，就跳进鱼缸里，开始睡觉了。

"现在，倒好像我成了它养着的宠物了……"阿笨猫想。

趁怪物睡着的机会，阿笨猫赶紧给巴拉巴打电话。

"请你快来一趟吧，我受不了啦！它还能叫美人鱼吗？整个一个怪物。"

"我帮你什么忙呢？"巴拉巴问。

"你把它给处理掉吧，现在我整天躲在笼子里活着。"

"好吧，我明天过来。"

阿笨猫就在铁笼子里睡了一夜。

第二天早上，巴拉巴来了。

阿笨猫像盼到救星一样，带巴拉巴去看怪物。

可是，那怪物已经不见了，它又变成了一个茧，浮在鱼缸的水面上。

"它，它，它是不是又要变态了？"阿笨猫很紧张地问。

"我想是的。"巴拉巴说，"善于变态是美人鱼的特性，而且，它的变态具有不可预知性，也就是说，不知道下一次会变出什么来。"

"那你看它这次会变出什么来？"

"很难说，"巴拉巴好像很深思熟虑，"或许是美人鱼，如果是，它可以卖三十万元呢，或许是更怪的怪物，我们星球上曾经发生过变出来的怪物吃掉主人的例子……"

"求求你，把它弄走吧。"阿笨猫说。

"好吧，我就帮你这个忙吧。"巴拉巴说着，抱起来了那个大茧。

巴拉巴抱着大茧，钻进飞碟里。

正在这个时候，阿笨猫看见，那个茧破了，从里面钻出来的，是一条美人鱼。

那美人鱼看起来是那么美丽和可爱！

可是，这时候，飞碟已经起飞了。

"我的美人鱼，我的美人鱼！"

阿笨猫向远去的飞碟叫着，当然，这声音巴拉巴是听不到的。

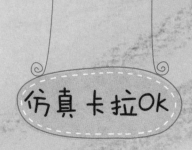

仿真卡拉OK

1 "这就是仿真卡拉OK机，可以模仿任何一位歌星……"

阿笨猫喜欢唱卡拉OK，特别是在饭店里吃饭的时候，一喝酒，阿笨猫就必定要唱。

这一天，巴拉巴请阿笨猫到饭店里吃饭。喝了几口酒之后，阿笨猫又要唱了。

他点了一首名叫《心苦》的歌。

最近这首歌正在流行，原唱就是赫赫有名的天王巨星王大头，他以他雄浑、厚实、充满磁性的嗓音，获得连续五个月销售排行榜第一和音乐评价排行榜第一。

前奏响过之后，阿笨猫开始唱："有谁知道，有谁知道，我心里的苦……"

阿笨猫唱得既走调，又难听。

"真难听，饭都吃不下了。"

"环境污染，赶他下去！"

正在吃饭的人都对阿笨猫侧目而视。

"下去，下去！""别再唱了！"

有几个人喊了起来。

阿笨猫觉得很扫兴，也不敢再唱，从台上下来，阿笨猫再也吃不下饭了。

　　"这真不公平，为什么有的人天生就有一副好嗓子，我就没有？"阿笨猫对巴拉巴说。

　　"嗨，我不知道你喜欢唱卡拉OK，"巴拉巴说，"要唱得好还不容易？"

　　"你有什么办法？"

　　"当然了，我有一台仿真卡拉OK机呀。你想学谁，就能唱得跟谁一模一样，我明天带给你玩玩。"

　　第二天，巴拉巴果真带来了一台机器，这机器看起来就像一般的卡拉OK机。

　　巴拉巴开始说起来："这就是仿真卡拉ＯＫ机，可以模仿任何一位歌星。只要有这机器，你就可以成为任何一位歌星。不过，就是需要有一个耐心的调试过程。它里面有一个电脑芯片，只要把原唱放一遍，芯片就会有记忆。然后，你在学唱的时候，机器会把学得最像的音节储存起来，这样，你一遍又一遍地唱，到最后，就可以保证每一个音都与那位歌星的一模一样。整个过程大约需要三个月。怎么样，怕唱得烦吗？"

　　"才不呢。我最喜欢唱卡拉OK了。"

　　"好，这台机器借给你吧，不过，半年之后要还给我的。"

　　"那当然。"

　　巴拉巴把机器留下，就告辞了。

② "已检测到一个标准音，请按输入键。"

阿笨猫把机器打开，机器的小屏幕上显示出一行字："请先放入原唱光盘。"

"我学谁呢？当然是学天王巨星王大头啦。"

阿笨猫把王大头的专辑光盘放进机器里，把《心苦》这首歌播放了一遍。

机器的小屏幕上又显示出一行字："原唱已记忆，请学唱。"

阿笨猫开始唱起来。

"漫漫长夜，我在这里好孤独；有谁知道，有谁知道，我心里的苦……"

刚唱了两句，机器就发出"丁"的一声，小屏幕上出现一行提示："已检测到一个标准音，请按输入键。"

阿笨猫按了一下输入键。

屏幕又提示："标准音已输入，请继续学唱。"

就这样，阿笨猫唱一两句，机器就会要求按输入键，因为其中肯定有某个音符合王大头的音色。有时候，唱一大段，机器也没有要求按输入键，那是因为这一大段中，机器没有检测到一个像原唱的标准音。

"虽然很麻烦，但为了学像王大头的歌，我还是会努力的。"

阿笨猫这样鼓励自己。

由于一遍又一遍的学唱，机器检测到和输入的标准音已经越来越多了，终于有一天，机器发出一声从来也没有听到过的提示音："冬——"

屏幕上的提示是："恭喜您！全歌仿真已完成！"

这样，整个过程历时三个月，《心苦》这首歌，阿笨猫大约唱了上万遍。

"现在可以试试看，我唱得怎么样？"阿笨猫的心情有点激动。

"漫漫长夜，我在这里好孤独；有谁知道，有谁知道，我心里的苦……"

阿笨猫简直不敢相信这是自己唱的，因为，从喇叭里出来的声音，完全

就像在放着原唱光盘。

"冬冬冬。"有人敲门。

打开门，只见门外站着一个年轻人，满脸堆笑，非常礼貌地问："请问先生，您刚才放的光盘，是王大头的新专辑吧？我也是歌迷，请再放一遍给我听听好吗？"

"不是，刚才是我自己唱的。"阿笨猫回答。

"你，你，你自己唱的？"那人大吃一惊。

"是啊，你听着，"阿笨猫拿着话筒，唱起来，"漫漫长夜，我在这里好孤独……"

唱完了，阿笨猫问："怎么样，是我唱的没错吧？"

那年轻人说："我晕。你不会就是王大头吧？请给我签个名好不好？"

阿笨猫在心中暗暗得意："成了，我唱得足以乱真了。这下可以去外面过过卡拉OK瘾了。"

③ "王大头的歌是你唱的吗？"

又到了一家饭店，不过这回是阿笨猫请巴拉巴吃饭，当然没有忘记带上那台仿真卡拉OK机。

喝了几口酒，阿笨猫又想唱歌了。

他还是点了那首《心苦》。

缓慢、忧郁的过门之后，响起了阿笨猫的歌声。

"漫漫长夜，我在这里好孤独；有谁知道，有谁知道，我心里的苦……"

阿笨猫明显感觉到，所有在大厅里吃饭的人，都停止了咀嚼，齐刷刷地把脸转向一个方向，看着阿笨猫。等他唱完，沉默了一会儿之后，才忽然爆发出了潮水一般的掌声。

"唱得真好！""真是王大头第二。"

有一个穿着西装的人很快地跑过来，抓过阿笨猫的双手握着乱摇，激动

地说：“我是本店的经理，以后，我们就请你来当歌手吧。王大头我们请不动，但愿你不会拒绝我们。酬劳费好商量。”

那个经理递上了名片。

从此以后，阿笨猫开始了他的歌手生涯。先是在这家店里唱，但很快，豪都大饭店以更好的酬金把他抢了过去。后来，美丽大酒店，又以比豪都大饭店高一倍的酬金，把阿笨猫再抢过去。

阿笨猫自己也觉得自己是歌星了。直到有一天出了一件让他清醒的事。

那天，他正从美丽大酒店唱完歌出来，怀里抱着那台仿真卡拉OK机，站在路灯下面等出租车。这时候，有一个脸色阴沉的人，带着两个身材高大的保镖，向他走来。

“你就是阿笨猫？”

“是。”阿笨猫一面说着，一边摸着上衣口袋里的笔，准备给他们签名。

“你一直在唱《心苦》？”那个人又问。

“是。这是我的保留节目。你们是……”阿笨猫看看他们不像要找他签名的样子，有点害怕起来。

一个保镖走上来，低沉地说：“王大头的歌是你唱的吗？”

另一个保镖也走上来，也低沉地说：“今天给你一点教训，以后你就不会再唱了。”

为首的那个人对阿笨猫说了最后一句话：“在你还有记忆的时候，我告诉你，我就是王大头，今天来制止你的恶意竞争。”

接下来的事，阿笨猫记忆有点模糊了。只记得当时先看到了两个保镖在向他挥拳头，接着他就看到了天旋地转，再接着又看到了眼前金星乱飞，再接着就是他浑身包着绷带躺在医院里。

他从昏迷中醒来的第一眼，看到的是床头柜上放着那台仿真卡拉OK机，已经被砸得不成样子了。

④ "我有一些东西要去卖掉，小生意，小生意……"

巴拉巴拎着一小袋水果，来看他了。

"巴拉巴……真对不起……"阿笨猫无力地说，"你的仿真卡拉OK机被砸坏了……"

"没事没事，人要紧人要紧，你好好养伤。"巴拉巴大度地说，"我没想到这仿真卡拉OK机会给你带来这种伤害，唉……"

巴拉巴显得很沉重的样子。

探视结束的时候，巴拉巴把那台坏了的卡拉OK机带走了。

还没有走出医院，巴拉巴从口袋里拿出老虎钳，三下两下就把卡拉OK机拆开，取出了里面的芯片，然后，把那台机器丢进了垃圾箱。

"我只要这个芯片就成了。"巴拉巴高兴地往医院外走，"就是这个小芯片，集成了最标准的王大头的歌声，费了阿笨猫三个月的时间。"

回到飞碟上，巴拉巴拿出一台奇怪的机器，把芯片放进去。

"先把它复制一百块。"

那台复制芯片的机器轻轻"嘶嘶"地响着，与那个放进去的芯片一模一样的芯片，正在从一个口子里一片一片地出来。

"好了，过一段时间，我要带着这些芯片开始行动了。"

巴拉巴得意地微笑着。

阿笨猫在医院里住了一个月，终于养好了伤。这一天，他终于可以出院了。

阿笨猫在医院门口，正好遇到从这里经过的巴拉巴。

"阿笨猫，你出院了？祝贺你呀。"巴拉巴说。

"咦，巴拉巴，你怎么在这里？你肩上扛着这块大木牌干什么？"

"啊，是一个广告牌，我有一些东西要去卖掉，小生意，小生意。要不要一起去看看？"

阿笨猫就跟了去看热闹。

找到一个合适的地方，巴拉巴把那块牌子往墙上一靠。

那牌子上写着：

供应仿真卡拉ＯＫ芯片，仿王大头型

每个八百元

阿笨猫赶紧拉住巴拉巴，紧张地轻声说："巴拉巴，快收起来，你知道是谁打我的吗？就是那个可怕的王大头啊。他雇着打手的！"

"王大头？对啦，你这么一说，倒是提醒我了。"巴拉巴说着，从衣袋里摸出了手机，开始拨号码。

"你给谁打电话？"阿笨猫问。

"王大头。"

"什么？你卖仿他的歌的芯片，还敢给他打电话？"阿笨猫害怕得要命。

这时候，电话接通了。

"喂，是天王巨星王大头吗？哈哈哈，我是外星小贩巴拉巴，有一个与你有关的信息要告诉你。我这里在卖仿真卡拉ＯＫ芯片，型号是仿王大头型的，你想来看看吗？对啊，就在医院旁边的拐角上，拜拜。"

阿笨猫说："你，你，你居然还敢叫他来？"

"没事啦，这芯片会让王大头变得一文不值，应该告诉他啦。"巴拉巴轻松地说。

⑤ "他说的那个志愿者，好像就是我吧……"

一会儿，王大头带着两个保镖，还是那样阴沉着脸，出现在巴拉巴的面前。

"哈哈，王大头，你来啦？"巴拉巴若无其事地招呼着，"今天这批货，全是模仿你的，我在开张之前，想问问你要不要买。这种芯片只要装到任何卡拉ＯＫ机里，不论是谁，都能唱出与你一模一样的歌。"

"这芯片要卖八百元？"王大头问。

"那是啦。一点也不贵的。从理论上讲，世界上没有一个人的声音是完全相同的，因此，应该说，模仿永远是不可能一样的。但是，装了我这个芯片就不同了，因为，这种芯片是以你的声音作为标准音，利用电脑来判断、采集与你几乎完全相同的音。这个过程是非常繁琐、辛苦、乏味的，是由志愿者经过整整三个月的努力，试唱了上万遍之后才合成了这个芯片。所以说，八百元一片，一点也不贵的……"

阿笨猫没想到的是，巴拉巴在这么说的时候，王大头一直在乖乖地听着。

"不管贵不贵，你都不准卖，不然，我的歌就没人听了。"王大头说。两个保镖在旁边捋着袖子，一副摩拳擦掌的样子。

"这可不行，"巴拉巴冷静地说，"这个仿真卡拉OK的软件是我研制的，受法律保护。《心苦》是你的成名作，听说你最近又有一首《打击我》会走红，我已经弄到了这首歌的母带，正准备找志愿者制作仿真芯片呢。对了，如果你不买芯片的话，我要做生意了，请让开一点。"

接着，巴拉巴就开始大声叫卖起来，样子很夸张："卖仿真卡拉OK芯片，不管男女老少，谁都可以当王大头啦！"

阿笨猫看见，王大头果真让到一边，与两个保镖正在悄悄商量着什么。

一会儿，王大头走过来，说："好啦，你不要卖了。你有多少芯片？"

"一百片。"

"我全买了，一共八万元，是吗？"

"不是。一共是二十万。"巴拉巴冷静地说。

"什么？八百元一片，一百片不是八万吗？"

"噢，是这样，"巴拉巴慢条斯理地说，"一个母芯片可以有效复制两百片，应该是十六万元，另外四万元是停止生产的补偿费。你总不希望我再找一个志愿者来重新录制模仿你的歌吧？至于你还将要走红的那首《打击我》，出于诚信的原则，我也不再录制仿真歌，这费用也就不向你收了。所以，二十万元是最低价。不然，我宁愿零售也不做这批发了。"

王大头与两个保镖又凑在一起商量了一会儿，然后对巴拉巴说："好吧，就这样吧，二十万。但再也不许出现任何我的歌的仿真芯片了。"

"这个自然，"巴拉巴信誓旦旦地说，"我做生意一向以诚信为原则。下一个仿真对象将是老牌歌星李小中，你们歌星之间常来往，你也可以告诉他我有这个计划，愿意与我联系的话，我随时恭候。"

巴拉巴递给了王大头一张名片。

接下来，是王大头给巴拉巴写了一张支票，然后，再由保镖把这一百片芯片全部用榔头砸得粉碎。

阿笨猫一直在旁边嘀咕："这是怎么回事？巴拉巴一下子什么也没做，就挣了二十万？他说的那个志愿者，好像就是我吧……"